배신 기사의 유쾌한 신의 6

초판 1쇄 발행 2023년 10월 12일

지은이 ㅣ 가언
발행인 ㅣ 최원영
편집장 ㅣ 이호준
편집디자인 ㅣ 한방울
영업 ㅣ 김민원

펴낸곳 ㅣ ㈜ 디앤씨미디어
등록 ㅣ 2002년 4월 25일 제20-260호
주소 ㅣ 서울시 구로구 디지털로 26길 111 JnK디지털타워 503호
전화 ㅣ 02-333-2513(대표)
팩시밀리 ㅣ 02-333-2514
E-mail ㅣ seed_dnc@dncmedia.co.kr
블로그 ㅣ blog.naver.com/gnpdl7

ISBN 979-11-6145-559-4 04810
ISBN 979-11-6145-506-8 (SET)

※ 저자와 협의하여 인지는 붙이지 않습니다.
※ 이 책은 ㈜디앤씨미디어(시드북스)가 저작권자와의 계약에 따라 발행한 것으로 본사와 저자의 허락 없이는 어떠한 형태나 수단으로도 내용을 이용할 수 없습니다.

배신기사의 유쾌한 신의

가언 판타지 장편소설

6

SEEDBOOKS FANTASY NOVEL

1장. 그냥 하고 싶은 대로 해라 · 7

2장. 나의 이름은? · 79

3장. 그 자식, 열받아 죽으라고 · 133

4장. 망나니 상대로는 망나니가 제격 · 183

5장. 공범, 혹은 배우 · 233

6장. 어리석은 자의 피날레 · 285

1장. 그냥 하고 싶은 대로 해라

그냥 하고 싶은 대로 해라

"사실 확신할 수는 없습니다. 아직까지는 심증만 있을 뿐이니까."

르웰린에게 어떠한 광산인지 간략하게 브리핑해 준 뒤, 아렌트가 그렇게 덧붙였다.

르웰린은 심각한 얼굴로 바닥을 쏘아보았다.

"하지만 가능성은 충분하군. 마법서에도 반출 금지 마법을 걸어 놓을 강박적인 생물은 역시 드래곤뿐이야."

"그렇다면 그 광산이 드래곤의 거처였단 말씀이십니까?"

"만약 그렇다면…… 거처는 아니고, 별장 정도였겠지."

슈타들러 백작이 묻는 말에 르웰린이 가볍게 고개를 내저었다.

"황성과 그리 멀지 않다면서? 이 근처는 전쟁 이전부터 인간들이 많이 거주하던 지역이야. 사람들이 뻔질나게 오가는 장소에 굳이 레어를 만들 필요는 없어. 그렇지만……."

"연구실 용도로 사용했을 가능성 정도는 충분하단 말씀이십니까?"

"바로 그거예요."

이번에는 아렌트가 백작에게 고개를 끄덕여 주었다.

"지금까지는 미처 염두에 두지 못한 것들이지만, 어쩌면 거기에서 새로운 단서를 찾을 수 있을지도 몰라요."

"허어…… 이건 또 예상치 못한 일이군요."

노이만 상단주 역시 탄식을 터뜨렸다.

연구가 시작된 지는 꽤 오래되었지만, 광산 내부 유적의 원래 소유자가 누구였는지는 여전히 수수께끼로 남아 있었다.

가만히 듣기만 하던 라이오스가 질문을 던졌다.

"백작님, 거기에 있던 고서들은 분석이 끝났습니까?"

"아니요, 아직 조금 남았습니다. 처음 보는 문자로 된 서적들이 있어서 조수들과 함께 해독하는 중입니다만 시간이 더 걸릴 것 같습니다."

어쩌면 거기에 드래곤 일족의 기록이 남아 있을지도 모른다.

슈타들러 백작의 눈이 번뜩였다.

〈10〉 배신 기사의 유쾌한 신의 6

"좀 더 박차를 가하겠습니다."

"이번에 복귀하실 때 르웰린 왕자님을 모셔 가세요. 상단주님은 워렌 좀 빌려주시고. 괜찮죠?"

갑작스러운 아렌트의 말에 노이만이 눈을 깜빡였다.

"네, 물론 괜찮습니다만…… 까닭을 여쭤도 괜찮겠습니까?"

"저렇게 보여도 나름 일국의 왕자인데, 우리 제국 안에서 변이라도 당하면 입장이 난처해집니다. 그리고 워렌이 함께 있으면 노이만 상단과 빨리 연계할 수 있을 테니까요."

워렌은 이래저래 쓸모가 많은 놈이었다.

아렌트의 말을 납득한 워렌이 르웰린 쪽으로 고개를 숙였다.

"잘 부탁드립니다, 왕자님."

"아니, 이쪽이야말로……."

빠르게 진행되는 상황이 익숙지 않아, 르웰린이 얼떨떨하게 고개를 끄덕였다.

"미리 말씀드리지만, 언제 반격당해도 이상하지 않은 상황입니다. 교단이 극심한 타격을 입었긴 하나, 그래도 무시할 수 없는 세력이라는 건 확실합니다."

묵묵히 있던 라이오스가 운을 뗐다.

"위험한 상황이 생길지도 모릅니다. 게다가 워렌은 교

단 소속 상단에서 도망친 몸이니, 함께 움직인다면 더욱 눈에 띌지도 모를 일입니다. 각별히 유의하시길."

"단장님 말씀대로, 당분간 르웰린 왕자님이 우리와 함께 움직인다는 건 저쪽에 들키지 않도록 해야 합니다. 아마 오래가지는 못할 테지만요."

순순히 긍정하고 나서는 아렌트에게, 단장이 불안한 시선을 보냈다.

"그래도 당분간은 몸 좀 사릴걸요. 제국만이 아니라 다른 나라들도 자신들을 적대하기 시작했다는 걸 알아차릴 테니까요."

"그렇군. 독 안에 든 쥐 꼴이라는 건가?"

"당장 보기에는 그렇지만, 그렇게 잘 풀리지만은 않을 거예요. 놈들한테 누가 붙어 있는지 생각해 보시라고요."

"……."

칸타레스가 입을 다물었다.

드래곤.

결국 이번 회의의 원제로 돌아왔다.

"그래서 드래곤을 찾아야 한다는 건가?"

"일족들끼리나 좀 친하지, 드래곤은 철저한 개인주의자라면서요."

고개를 대충 까닥인 아렌트가 말을 이었다.

"드래곤이 지금 얼마나 남았을지는 모르겠지만, 전부

다 체르니온교 쪽에 붙었을 리는 없다고 생각해요."
"그럼 뭐, 교섭이라도 하겠다고?"
"가능하다면?"
 가벼운 대답에 다시금 집무실이 침묵에 잠겼다.
 있을지 없을지 모를 드래곤을 찾아 교섭까지 하겠다니, 터무니없는 말이었다. 하지만 발화자가 아렌트라는 점에서, 그 말이 그저 터무니없지만은 않을 거란 생각이 들었다.
"뭔가…… 생각이라도 있는 건가?"
"확실한 건 아니고, 최근에 이런저런 자료를 모아서 조사해 봤거든요."
 슈타들러 백작의 번역서와 신전, 그리고 고서적상, 황실 도서관까지…… 아렌트가 뒤지지 않은 곳은 없었다.
"전쟁 시대의 기록은 거의 남지 않았다고 하지만, 그래도 옛날이야기 정도는 전승되지 않습니까?"
"그렇지."
 초대 황제, 영웅 칸. 그리고 그가 몰아낸 악신의 무리.
"이런 이야기는 들은 적 없어요? 영웅 칸과 드래곤이 승부를 벌였다는 거."
"그야, 들어 본 적은 있지만…… 그건 옛날 동화잖아. 썩 유명한 이야기도 아니고. 황실에 내려오는 기록에는…… 아."

멍하니 대답하던 칸타레스는 곧 제 실수를 깨달았다.

황실의 기록도 완벽하지 않다. 부서진 심장의 검에 대한 것은 어느 정도 남아 있었지만, 체르니온 신의 이야기는 철저히 지워진 것만 봐도 그랬다.

게다가 지금은 구닥다리 동화라고 해서 무시할 수 있는 처지가 아니니까. 단지 옛날이야기 취급받던 악신이 이 시대에 도래할 것이라고는 아무도 상상하지 못한 일이 아니던가.

슈타들러 백작이 끼어들었다.

"거기에 드래곤 본 이야기도 나오지요. 결판을 내지는 못했지만, 드래곤은 영웅 칸에게 감명받아 그와 친구가 됩니다. 그 증표로 자신의 뼈를 깎아 만든 무기를 건네주었다고 합니다."

드래곤 본으로 만든 아티팩트까지 찾아낸 이상, 간과할 수 없는 이야기였다.

라이오스가 짧게 신음을 흘렸다.

"몇 날 며칠을 방 안에 처박혀서 뭘 하나 했더니……."

"그래서 비슷한 이야기를 찾아봤습니다. 신전에서 받은 자료들에도 드래곤을 언급한 게 있더라고요."

잠깐 말을 고르듯 뜸을 들이던 아렌트가 짧게 말했다.

"드래곤은 신과 가까이 지내는 종족이라고요."

"……신이랑 가깝다고?"

금시초문인 말에 르웰린이 눈을 동그랗게 떴다.

"갓 신전에 들어온 어린애들이 읽는 책의 한 구절이에요. 아주 옛날, 어느 신관이 대륙을 유랑하며 남긴 기록의 사본이라고 하던데…… 신관들 사이에서도 이건 그냥 옛이야기쯤으로 치부되는 눈치였습니다만."

아렌트가 어깨를 으쓱했다.

"유아독존인 드래곤을 유일하게 길들일 수 있는 것은 오직 위대한 신뿐이라고요. 그게 어느 쪽 신인지는 제대로 적혀 있지 않아서 조금 아쉽긴 한데."

루체교의 신전이니, 거기에서 언급된 신은 아마 루체일 것이다.

"일단 체르니온교 쪽에 드래곤이 붙어 있다는 건 확인됐으니, 분명 루체 신을 편들었던 놈들도 하나나 둘쯤은 있겠죠. 그쪽을 찾아야 합니다."

"찾아서 현 상황을 알린 뒤, 또다시 세계가 위험해질지도 모르니 협력을 부탁한다고?"

"그게 아니죠."

칸타레스의 물음에 쯧, 혀를 찬 아렌트가 당당하게 선언했다.

"당신들 엿 먹인 놈들이 다시 고개를 쳐들고 기어 나오려고 하는데, 등신처럼 가만히 있을 거냐고 물어봐야죠."

"……."

그냥 하고 싶은 대로 해라 〈15〉

진짜…… 새삼 감탄스러운 성격이었다.

모두가 착잡하게 입을 다문 가운데, 워렌이 조용히 읊조렸다.

"누가 될진 모르겠지만, 일단 협상하러 간 놈부터 죽겠군."

열받은 드래곤의 손에.

짝.

한 번의 박수로 아렌트가 분위기를 환기했다.

"지금까지 나온 정황을 조합해 보면, 저쪽에 붙은 드래곤이 지금까지 수면 위로 올라오지 않은 것도 나름의 이유가 있다고 볼 수 있겠죠."

"동족이 이 일에 끼어드는 걸 두려워하는 건가?"

"아마도요."

라이오스의 말에 아렌트가 고개를 끄덕였다.

"그런고로, 다른 드래곤 일족은 지금까지 세상 돌아가는 꼴을 전혀 모를 가능성이 있다, 라는 겁니다. 앞으로는 아니겠지만."

"결국 이럴 속셈이었군. 도발이니 뭐니 한 주제에."

황태자가 피식 웃음을 터뜨렸다.

건국제에서 드래곤을 전시해 세상 사람들에게 악신의 도래와 드래곤의 출현을 알리고, 또 그에 대적하는 한 사람의 영웅을 내세운 것까지.

그저 성질머리가 더러워서 저러는 것이다, 라고만 생각했었는데…… 그게 드래곤을 부를 초대형 미끼였다니.

"뭐, 겸사겸사. 어쩌면 저쪽에서 먼저 접촉해 올지도 모를 일이고. 여하튼, 쉬운 일은 아닐 겁니다."

그렇게 말하며 아렌트는 르웰린 쪽을 힐끗 곁눈질했다.

팔짱을 낀 채 가만히 바닥을 쏘아보던 르웰린이 툭 내뱉었다.

"아냐, 어디서부터 시작할지는 감이 잡혔어."

역시. 이 정도 던져 주면 알아서 할 거라 생각했다.

"그렇다면 부탁드리겠습니다. 필요한 물자는 노이만 상단 측에 요청하시면 됩니다. 돈은 제가 댈 테니까요."

"돈을 네가 댄다고?"

"저 돈 많습니다. 비밀스럽게 진행하는 일에 제국의 공금을 쓸 수는 없잖아요."

노이만 상단의 새로운 사업이 대박을 터뜨리며 덩달아 주머니가 두둑해진 아렌트였다. 게다가 당장 팔아 치울 수 있는 마정석도 양손에 넘쳐 날 정도로 많았고.

칸타레스가 정리해서 지시를 내렸다.

"그쪽은 아렌트와 노이만 상단주에게 맡기지. 백작은 르웰린 왕자를 보조하면서 드래곤 본 분석을 계속해 줘."

"예, 알겠습니다. 차질 없이 진행하겠습니다."

"잠깐만 아까부터 신경 쓰였는데 말입니다."

슬그머니 손을 든 왕자가 어색한 미소를 지었다.

"드래곤 본 이야기, 아까도 하셨죠? 설마 그것까지 손에 넣으셨단 말씀은……."

"아."

그러고 보니 르웰린은 아직 아티팩트 쪽은 하나도 몰랐다. 이번에 돌린 자료에도 아티팩트 관련 내용은 쏙 빠져 있었으니까.

"그런 말씀은 아니겠죠?"

혹시나 그 보물을 탐낸 사람들이 함부로 행동할까 봐 내린 결정이었다. 덕분에 빈센트와 블레이크도 '가면을 쓰고 특이한 능력을 구사하는 강자' 정도로만 서술됐을 뿐이었다.

슈타들러 백작이 왕자에게 애매한 미소를 흘려 주는 것으로 대답을 대신했다.

그건 곧, 긍정이라는 뜻이었다.

입을 떡 벌린 왕자가 백작과 아렌트, 그리고 황태자를 번갈아 바라보자 칸타레스가 떨떠름히 말했다.

"음, 아무래도 제대로 된 정보를 공유하는 게 좋겠군."

황태자는 공개된 이야기와는 조금 다른, 지금까지 벌인 사투의 진상과, 그 과정에서 손에 넣은 아티팩트가 어떠했는지 간략히 들려주었다.

르웰린이 얼마나 펄쩍 뛰었는지는, 안 봐도 뻔한 일이었다.

* * *

그날 저녁.

몸이 달아 한시도 가만히 있지 못하던 르웰린이 백작과 함께 광산으로 떠나고, 황궁은 다시 조용해졌다.

그리고 아렌트는 오랜만에 황태자 전용 연무장에서 라이오스와 마주 섰다.

"이제 움직이는 데는 문제없나?"

"언제 이야기를 하십니까?"

퉁명스럽게 대꾸하며 아렌트가 검을 뽑았다.

매끄럽게 뽑혀 나온 견습 기사의 검이 자신 쪽을 향하자, 라이오스 역시 사양하지 않고 발검했다.

"괜찮겠나?"

"뭐가요?"

"블레이크가 지녔던 아티팩트를 르웰린 왕자님께 넘겨드린 것."

드래곤 본 아티팩트는 슈타들러 백작이 분석을 끝낸 뒤 르웰린이 빌려 가기로 했다.

그 자리에 있던 모두가 동의한 일이었다.

"위험한 일을 시켰으니 몸을 지킬 수단은 하나라도 더 들려 보내야죠. 아까부터 말씀드렸지만, 그분이 어디서 객사하면 곤란해지는 건 접니다."

끌어들인 건 어디까지나 아렌트 자신이니까.

하지만 라이오스가 원한 대답은 그게 아니었다.

"그를 믿나?"

"그것참, 뜬금없는 질문이시네요."

"이제 와서 네 안목을 의심하는 건 아니지만, 나는 네 말대로 터무니없는 이상주의자에다 융통성 없는 원칙주의자라, 그래도 물을 수밖에 없군."

……이 사람, 뒤끝도 있었나.

그저 속없는 주인공이라고 생각했는데, 요즘 들어서 자꾸 반항기가 엿보이는 기분이었다.

아렌트는 조금 질린 눈으로 라이오스를 마주 보았다.

"그게 중요합니까?"

"나는 어지간하면 누군가를 의심하고 싶지 않다. 사람을 쉽게 믿는 버릇이 있지."

"잘 압니다. 단장님 최대의 단점이기도 하고요."

"……."

칼같이 돌아온 답에 라이오스가 움찔했다.

"……미안하게 됐군. 하지만 넌 나와는 다르지. 그래서 의아한 거다. 왜 왕자님께 자세한 정보까지 공유하고, 무리해서까지 협력을 요청한 건지."

"필요하니까요."

역시 한 치의 망설임도 없이 아렌트가 대꾸했다.

"쓸모 많은 패를 놀게 내버려 두는 건 아깝잖아요. 그리고 전 그분을 믿은 적 없습니다."

건방진 자세로 삐딱하게 선 견습 기사가 단장을 못마땅하게 바라보았다.

"제가 왜 굳이 워렌을 딸려 보냈을까요?"

"뭐?"

예상치 못한 말에 라이오스가 얼빠진 소리를 냈다.

그 꼴을 보며 짧게 한숨을 내쉴 수밖에 없었다.

역시 라이오스는 라이오스였다.

뒤끝은 좀 있지만.

"워렌이라면 문제없겠죠. 손을 써야 할 때가 왔을 때 망설이지 않을 겁니다. 뒤처리도 깔끔할 거예요."

"……."

"어차피 왕자님이 우리 쪽 의뢰를 받아 움직인다는 건 아무도 모르는 일입니다. 그쪽이 부린다는 비밀스런 수족들조차. 최소한 지금 시점에서는."

툭, 검을 어깨에 걸치며 아렌트가 무심하게 덧붙였다.

"한꺼번에, 흔적 없이 정리할 수 있습니다. 우리 손을 더럽히지 않고서요."

"……."

단둘뿐인 연무장에 싸늘한 침묵이 흘렀다.

라이오스는 마치 얼어붙은 것처럼 멍하니 아렌트를 볼 뿐이었다.

견습 기사는 어깨를 으쓱했다.

"뭐, 그럴 일은 없길 바라야죠. 왕자님도 단순하지만 멍청한 사람은 아니니까 허튼짓은 안 하실 테고."

"……하아."

잠시 후, 라이오스가 천천히 한숨을 내쉬었다. 심란함을 가라앉히려 제 앞머리를 쓸어 올린 단장이 착잡하게 말했다.

"넌 말버릇을 좀 고칠 필요가 있다."

라이오스가 검을 다잡고 자세를 바로 하며 추가했다.

"그럴 일은 없을 거다."

"예?"

"넌 르웰린 왕자님이 배신하지 않을 거라 여기고 슈타들러 백작님께 맡긴 거다. 워렌을 곁에 둔 이유는 그가 위험한 조사를 하다 변을 당하는 걸 막을 생각인 거지, 다른 뜻은 없어."

이건 또 무슨 소리야.

아렌트는 눈썹을 휘었다.

"제가 그렇게 착한 놈으로 보이십니까?"

"착하다고는 농담으로라도 말 못 하지. 하지만 일부러 말을 꼬아서 하는 나쁜 습관이 있는 건 사실이야."

"……."

단호한 대꾸가 돌아왔다.

"쉽게 정리할 수 있다, 그런 말을 운운하는 것은 뒷일도 다 생각해 뒀으니 걱정하지 말라는 말로 알아듣겠다."

거기까지 말한 라이오스가 작게 미소 지었다.

"아마 워렌이 제법 골치 좀 썩겠군. 괴짜 왕자님을 호위하려면."

"……단장님이 그렇게 순진해 빠졌으니까 자꾸 뒤통수를 맞는 겁니다."

"걱정 마라. 지금껏 내 뒤통수를 때린 놈은 너밖에 없다."

황당했다.

단장 자리에 올라갈 때까지 처맞은 건 맞은 걸로 치지도 않는 건가.

소설을 몇 번이고 정주행하며 라이오스의 성장 과정을 지켜본 애독자였다. 그가 얼마나 호된 꼴을 당했는지는 굳이 기억을 되짚지 않아도 생생히 떠올랐다.

물론 악역으로 등장했던 이들은 권선징악 이론에 의거해 대부분 퇴장했지만.

"네가 내린 결정이라면, 딱히 근거를 대지 않아도 된다."

그냥 하고 싶은 대로 해라 〈23〉

"대책 없는 말입니다 그건. 일이 틀어진 뒤를 생각하는 건 당연한 일이잖아요."

"틀어진 뒤는 내가 책임지면 된다. 거기까지는 고작 견습 기사인 네가 걱정할 일이 아니야."

"……."

이번에야말로 고작 견습 기사는 말문이 막히고 말았다.

"단장님, 지금 굉장히 호구처럼 보이는 거 아십니까?"

"왜지?"

"왜냐는 물음이 나오십니까?"

아렌트의 어처구니없다는 말에도 라이오스는 멀뚱히 되물을 뿐이었다.

"글쎄, 모르겠군."

"……."

평소와 똑같은 무표정이 어째서인지 뻔뻔하게 보였다. 분명 알고도 저렇게 대답하는 거라고, 아렌트는 확신했다.

"네게 선수를 빼앗겨 앞장서지는 못했으니, 적어도 뒤는 내가 책임져야지."

라이오스는 제 부하를 똑바로 바라보며 새기듯 말을 이었다.

"날 너무 무능한 단장으로 만들지 마라."

"……."

뼈 있는 목소리로 그렇게 말하는 단장을 가만히 마주 보자니 어째 심란해졌다.

무능한 단장이라…….

단 한 번도 그렇게 생각한 적은 없었다.

순진해 빠졌고, 정의롭기만 해서 치사한 짓은 죽어도 못 하는 사람이지만, 그래서 주인공이 될 수 있는 것이다.

'치사한 짓은 누구라도 할 수 있지.'

꺾이지 않고 정정당당함을 고수하는 것이야말로 세상에서 가장 어려운 일이다.

하지만 지금 그런 찬사를 늘어놓을 생각은 없었다. 그건 오직 자신만의 감상이지, 대사로 꺼낼 건 아니었다.

대신 좀 더 재미있는 쪽을 선택했다.

"아시니 다행입니다."

실컷 무게 잡고 주절대던 라이오스가 몸을 삐끗했다.

그에게 한심하다는 시선을 듬뿍 쏘아 준 아렌트는 아티팩트를 발동했다.

검에 새하얀 서리가 앉고, 가라앉은 호흡에 차가운 입김이 섞여 흘러나왔다.

닥치고 대련이나 하자는 뜻이었다.

이제 마력을 다루는 데도 제법 익숙해진 모습이었다.

아직 절대적인 마력량은 부족하지만, 검에 설치한 마정석을 어떻게 이용할지 요령을 제대로 깨우친 것 같았다.

놀라울 정도의 빠른 성장이었다.

'이대로 10년…… 아니, 그보다 덜 걸릴지도 모르겠군.'

이대로 간다면 언젠가는 제국제일검 자리를 아렌트가 차지할 것이다.

'그 전에 제 선배들부터 꺾어야겠지만.'

최근 3기사단 연무장이 북적이는 까닭의 8할은 저 녀석일 것이다. 아렌트의 성장세에 다른 기사들도 자극받은 거겠지.

좋은 순환이라며 흐뭇하게 아렌트를 지켜보던 라이오스는 곧 다른 가능성을 떠올렸다.

'……무력으로도 놈을 제압하지 못하게 된 후가 두려운 거 아닐까.'

최근 아렌트에게 당하고만 사는 아서를 보며 위기감을 느꼈을지도.

활기차긴 했지만 나름대로 차분한 녀석이었는데, 최근 들어 머리를 쥐어뜯으며 발광하는 꼴을 더 자주 본 것 같다.

뿌듯한 시선이 떨떠름해지는 건 순식간이었다.

"뭡니까. 왜 그렇게 보시는데요?"

"아니다. 아무것도."

내일부터는 다른 녀석들 훈련도 봐줘야지. 적어도 이 녀석만큼은 제국 최강이 되면 안 된다는 위기감이 들었다.

'저놈이 제국 최강이 된다면?'

황실 기사단의 기강이 개판이 될 게 분명했다.

거기까지 생각이 닿자 자신의 개인 훈련 시간도 더 늘려야겠다고 결심한 단장이었다.

* * *

행사의 여파도 완전히 사라지고 황궁도 다시 조용해질 무렵, 칸타레스가 황실 기사단 단장들을 불러 모았다.

"루카인 왕국에서 연락이 왔다."

회의실에 세 단장이 집합하자마자 칸타레스가 본론을 꺼내 들었다.

켄드릭이 의아하다는 표정을 띄우며 물었다.

"루카인 왕국 말씀이십니까?"

"그래, 이번 행사 때 그쪽의 대공께서 참석했지."

대공 역시 체르니온교 소식을 듣고 왕국으로 복귀했다. 그 내용을 꼼꼼히 확인한 루카인 왕국의 국왕이 답신을 보내온 것이다.

"몇 달 전, 왕국 변두리에서 폭동이 일어난 적 있다더군.

큰 어려움 없이 진화했지만 수수께끼가 여럿 남았는데……."

잠깐 뜸을 들이던 칸타레스가 살짝 인상을 찌푸렸다.

"우선 폭동을 일으킨 놈들의 우두머리가 묘했다더군."

"묘하다는 말씀은?"

"온몸에 흉터가 가득한 여자가 폭도들을 이끌었대."

사실 거기까지는 별난 일은 아니었다.

칸타레스가 천천히 말을 이었다.

"전투 중 화살에 맞고, 칼에 찔려도 고통조차 느끼지 못하는 것처럼 계속 싸웠다고 해."

"……."

단장들의 낯이 딱딱하게 굳었다.

"폭도들은 그 사람을 신처럼 떠받들었다더군. 아무리 부상당해도 쉽게 털고 일어나는 모습에 감명받았겠지."

"그자는 결국 어떻게 되었습니까?"

"심장과 머리에 화살을 맞고 쓰러져 숨을 거두었대. 그리고 폭도들은 진압되었지. 하지만 거기서 끝이 아니야."

황태자의 설명이 이어졌다.

살아남은 폭도들을 상대로 심문을 시도했는데, 어째서인지 그들은 모두 실성한 상태였다. 횡설수설하면서도 이상할 정도의 공격성을 드러냈고, 기억도 혼란스러웠다.

어째서 폭동을 일으킨 건지, 목적이 뭐였는지조차 알아

낼 수 없었다…… 는 것이 루카인 왕국 측의 설명이었다.

"우리가 보낸 공문을 보신 국왕께서 수수께끼의 단서를 잡으시곤, 우리 측에도 통보하셨지. 뭔가 더 알아내면 이쪽에도 알려 주겠다더군."

루카인 왕국이 이런 상태라면, 조만간 다른 나라에서도 곧 비슷한 소식이 전해져 올 것 같았다.

체르니온교와의 싸움은 이제, 제국의 일만이 아니게 되었다는 뜻이었다.

침묵을 지키던 라이오스가 입을 열었다.

"그 여자는…… 산 채로 구울이 되었을 가능성이 있다는 말씀이시군요."

전투 현장에 나타났던, 지능이 있으며 말도 하는 구울.

다이아나 역시 운을 뗐다.

"하지만 우리가 마주쳤던 구울들은 사람들을 이끌 정도의 지능은 갖추지 못한 것 같았습니다."

"루카인 왕국에 나타난 그자가 완성품이었겠지. 언변도 뛰어나고 사람을 이끄는 데도 능숙했다고 하니까."

켄드릭이 수북한 수염을 매만지며 답을 내주었.

폭동을 일으킨 까닭도, 새로 만든 구울의 성능을 시험하고 싶었던 걸지도 몰랐다.

잠깐 생각하던 라이오스가 물었다.

"……혹시 아렌트는 이 이야기를 압니까?"

"전해 주려고 했는데, 이미 알고 있더군. 며칠 전에 노이만 상단을 통해서 들은 모양이야."

"그러면 그 녀석은 지금 어디에 있습니까?"

다이아나의 질문에 칸타레스가 골치 아프다는 얼굴을 했다.

"나도 몰라. 황궁 어딘가에는 있겠지. 그러고 보니 그 녀석, 업무는 안 해? 아무리 견습이라도 황실 기사단이 그렇게 한가하지는 않을 텐데."

"정말 놀랍게도 늘, 한 치의 오차도 없이 해냅니다."

황궁 안팎으로 온갖 일을 해 대는 주제에, 견습 기사로서의 업무도 언제나 완벽하게 해치우는 녀석이었다.

"근무 시간 중에 나갈 일이 생기면 꼬박꼬박 외출 허가까지 받아 갑니다만……."

라이오스가 말끝을 흐렸다.

최근에는 그 허가를 내주는 리히트도 귀찮아졌는지, 알아서 하라며 외출 허가증을 왕창 내주고서 손을 떼어 버렸다는 것 같았다.

"아무래도 그 녀석은 인성과 업무 능력을 맞바꾼 모양입니다."

"진짜 유감이군."

역시 신은 공평하신 건가…….

켄드릭의 말에 칸타레스가 진지하게 고개를 끄덕였다.

"어쨌든, 루카인 왕국 측에서도 악신교를 염두에 두고 수사망을 넓히겠다고 했으니 당분간은 이쪽에서도 지켜볼 필요가 있겠어."

"예, 알겠습니다."

힘 있게 대답하는 단장들을 보며, 칸타레스는 짧게 한숨을 쉬었다.

아렌트 폰 에크하르트가 이미 냄새를 맡은 것 같으니, 조만간 또 움직일 일이 생길 것이다.

'징그러운 녀석.'

놈은 라이오스를 전면에 내세우고, 지저분한 일은 자신이 떠맡을 생각인 것 같았지만…… 글쎄, 과연 그 녀석의 뜻대로 될지는 미지수였다.

'황제 폐하께서도 관심을 가지신 것 같고.'

워낙 별난 녀석이니 제법 흥미로워하신다는 건 알았지만…….

연회 때, 홀에 들어오자마자 아렌트에게 말을 거실 줄은 전혀 상상도 하지 못했다.

그 뒤 자신과 라이오스와 함께 길게 대화를 나눈 덕에 유야무야 넘어간 것 같지만, 아무래도 그 일 때문에 몇몇 귀족들이 촉각을 곤두세운 것 같았다.

'폐하께서 어떤 의도셨는지는 알겠어.'

누가 봐도 보통 녀석은 아니니, 앞으로 제국 내에서 입지를 넓혀 갈 놈을 직접 눈에 담아 둘 겸, 어느 정도 힘도 실어 주고 싶으셨겠지.

하지만 덕분에 날파리가 꼬이게 생겼다.

황제의 관심을 받는 젊은이라니.

지금껏 미친놈이라며 상종도 하지 않으려던 귀족들의 구미도 다시 당기게 할 수 있는 요소였다.

안 그래도 이곳저곳 쏘다니며 바쁜 녀석이니, 여기에서 더 귀찮은 일이 벌어지기 전에 미리 손을 써 두는 게 좋을 것 같았다.

'딱히 그놈을 배려해서는 아니고.'

괜히 놈을 건드렸다간, 또 순식간에 황궁이 쑥대밭이 될 게 뻔하니까.

그리고 수습은 오롯이 자신의 몫이 될 테니까.

빌어먹을 사고뭉치가 제멋대로 활개 칠 수 있도록, 걸리적거리는 걸 치우는 건 이쪽이 해야 할 일이었다.

* * *

"혹시라도 기사 생활이 질리신다면 언제든지 말씀하십시오. 상단에 자리 하나 내어 드리겠습니다."

테이블 위에 차와 과자를 내려놓으며 노이만이 장난스레 건넨 말이었다.

읽던 서류에서 눈을 떼지 않은 채 아렌트가 대꾸했다.

"글쎄요, 장사꾼은 별로 체질에 안 맞을 것 같은데."

"아니요, 제가 볼 때 아렌트 경께서는 자질이 아주 차고 넘치십니다."

"제가 좀 잘나긴 했죠."

장난 같은 대화가 오가는 중에도 아렌트의 신경은 여전히 보고서에 집중되어 있었다.

훑어보는 것은 최근 상단으로 흘러든 정보들의 핵심 내용이었다. 루카인 왕국의 폭동 내용을 전해 듣고 난 뒤부터 아렌트는 비는 시간마다 이곳에 눌러앉아 있었다.

"아렌트 경, 뭘 찾으시는지 여쭤봐도 괜찮겠습니까?"

"루카인 왕국의 폭도들을 이끌었다는 여자요. 그 여자와 비슷한 놈을 찾으려고요."

"그렇군요. 실마리를 찾으시는 것도 좋지만……."

똑똑.

노이만이 테이블을 두드리는 소리에 그제야 아렌트가 고개를 들었다.

"잠깐 쉬지 않으시겠습니까? 저와 담소도 나누실 겸. 벌써 몇 시간째입니다. 기껏 준비한 차가 식으면 아쉽잖습니까."

"……."

입을 비죽이면서도 아렌트는 들고 있던 종이를 탁, 내

려놓았다. 그제야 노이만 역시 맞은편에 자리를 잡고 앉았다.

"미리 말씀하셨더라면, 제가 다른 녀석들을 시켜서 목격담을 따로 찾아볼 수도 있었을 텐데요."

"원하는 걸 찾으려면 직접 하는 게 낫습니다."

머릿속에 남은 소설의 정보들과도 대조해야 하니까.

이것도 노이만에게는 말 못 할 사정이었다.

"성과는 조금 있으십니까?"

"어느 정도는요."

아직 온기가 남은 찻잔을 들며 아렌트가 어깨를 으쓱했다.

"하지만 결정적인 게 아직이라, 이따가 조사관이나 좀 빌려주세요."

"언제든지 말씀만 하시면 바로 대령하겠습니다."

한차례 너스레를 떤 상단주는 차로 목을 살짝 축이곤, 슬쩍 본론으로 들어갔다.

"워렌과 르웰린 왕자님께는 소식이 있었습니까?"

"아직 슈타들러 백작님 연구실에 계십니다. 거기서 한차례 조사가 끝나면 바로 제국 밖으로 나갈 것 같던데요?"

"워렌에게도 그게 좋을 것 같습니다. 악신교에서 도망친 몸이니, 제국 내에 있다가 눈에 띈다면 표적이 될지도 모를 일이니까요."

"폭탄을 떠안은 기분이셨죠?"

씨익, 아렌트가 장난스럽게 웃자 노이만 역시 씨이익, 미소를 지었다.

"유능한 직원이 느는 건 좋은 일이지만, 자칫 상단이 망할지도 모를 일이니까 말입니다."

"그런 걸 신경 쓰셨으면 저랑도 사이좋게 지내시면 안 되죠. 어차피 상단주답지 않은 측은지심이 발동하셨을 뿐인 것 아녜요?"

"허허허. 그건 아렌트 경께서도 마찬가지 아닙니까?"

"전 그렇게 상냥한 인간이 아닌데요."

입을 삐죽이던 아렌트는 마침 서류 검토도 끝났는지 제 앞에 있던 종이들을 싹, 치워 버리고는 우아하게 차를 마시기 시작했다.

그것들을 힐끗 본 노이만이 표정을 진지하게 바꿨다.

"조사관을 빌리시겠다는 말씀은, 수상한 점을 찾으셨다는 뜻이지요? 걸어 다니는 시체…… 구울을 찾으신 겁니까?"

"확신은 없지만, 짚이는 구석은 몇 군데 생겼다고나 할까."

아렌트는 손을 뻗어 과자를 하나 집어 입에 쏙 넣었다.

그 모습도 쓸데없이 기품 있다.

"루카인 왕국에서의 갑작스러운 폭동…… 폭도들은 원래 그 지역에 살던 주민이고, 폭동을 주동한 사람은 어디에서 나타났는지 모를 상처투성이 용병. 상단주님이 제게 건네준 정보로는."

"그랬지요."

"게다가 폭도들은 붙잡힌 뒤 죄다 하나같이 정신 착란을 일으켰다. 이게 무슨 뜻인지 아십니까?"

"……?"

노이만은 답을 내는 것 대신 눈을 깜빡이기만 했다.

과자를 하나 더 집어 먹은 아렌트가 말을 이었다.

"놈들이 그새 포교를 했다는 뜻입니다."

"어째서입니까?"

"상단주님도 얼핏 들어 아시죠? 그 망할 악신교 놈들은 신자들의 기억에 손을 써 정보 통제를 한다고."

"예."

노이만이 고개를 끄덕이자 아렌트가 발을 까닥이며 말을 이었다.

"여기서 참으로 재밌는 게, 진정한 신앙이 있는 사람만 그 마법을 받아들일 수 있는 것 같더라고요."

레베카의 성에 잠입했을 때 떠올린 생각이었지만, 아마 거의 사실에 가까울 것이다.

"그러니 그 폭도들은 진심으로 악신, 그러니까 체르니

온 신을 믿고 따른 겁니다. 놈들을 이끌었다는 구율을 신의 사도쯤으로 여겼겠죠."

"그럼……."

"대충 훑어봤는데요, 폭동이 일어났다는 그 지역은 토지가 안 좋아서 언제나 식량난에 시달렸대요. 영 못 먹고 살 정도는 아니라 딱히 왕실 차원의 지원도 없었다는 것 같고."

"왕실을 향한 불만이 쌓였겠군요."

"바로 그거예요. 교단 놈들이 그 점을 공략한 겁니다."

노이만의 말에 아렌트가 고개를 끄덕였다.

"가정 하나 해 볼까요? 근근이 먹고사는 마을이 하나 있습니다. 굶어 죽을 정도는 아니지만, 넉넉하지도 않아요. 딱 터지지 않을 정도로만 불만이 점차 쌓여 갑니다."

빛의 신 루체에게 기도해도 형편은 그다지 나아지지 않는다. 왕실에서의 도움도 기대할 수 없다.

"그리고요?"

"그러던 차에 한 사람이 갑자기 나타나요. 이 땅은 신에게 버림받았다며, 자신이 구하러 왔다고 말을 주워섬기는 거죠."

"하지만 그걸 쉽게 믿지는 않을 것 같습니다."

"맞아요. 하지만, 그 사람이 기적을 보여 준다면서요?"

기적.

그 단어에 이르러 아렌트의 목소리가 살짝 낮아졌다.

"찔리고 베여도 죽기는커녕 고통을 느끼지도 않습니다. 어쩌면 신체가 절단되어도 수복했을 가능성이 있습니다. 평생 처음 보는 광경에 사람들은 당연히 눈이 휘둥그레지겠죠."

"……."

"그자가 말합니다. 배고픈 것도, 피로한 것도 모르는 몸을 체르니온 신에게 선물받았다고. 자신을 따르면 당신들도 이렇게 될 수 있다고 말이에요."

눈에 보이는 확실한 기적보다 효과적인 연출은 없었다.

"그렇게 사람들이 폭도가 되었다는 말씀이십니까?"

"추측일 뿐이에요. 하지만 가능성이 영 없는 것도 아니죠."

아렌트가 어깨를 으쓱했다.

"그렇다면…… 혹시, 경이 찾으시던 게……?"

"폭동이 일어난 지역과 비슷한 조건의 장소들이요."

노이만 상단의 힘이 미치는 곳만 살필 수 있다는 한계가 있었지만, 지금은 그걸로 충분했다.

다시 차로 목을 축인 아렌트가 말을 이었다.

"우선은 루체 신의 신전과 거리가 멀어야 합니다. 루체 신에게 신실한 사람들은 아무래도 꼬여 내기 어려울 테니까요."

"그다음은요?"

"그다음은 형편이 미묘하게 어려운 지역이겠지요."

나라에서의 지원도 기대할 수 없고, 자력으로 생활을 꾸려 나가긴 하지만 형편이 나아질 기미는 보이지 않는 그런 곳.

아렌트가 덧붙여 설명했다.

"아예 큰 재난이 닥쳐서, 당장의 생존이 걸린 지역은 오히려 손대기 힘들 겁니다."

입에 풀칠하는 것조차 힘든 이들은 새로운 신에게 의지할 힘도 남아 있지 않을 테니까.

한참이나 배를 곯은 이들 앞에서 몸을 자르고 찌르는 쇼를 해 봤자 '그래서 뭐 어쩌라고?'라는 반응밖에 받지 못한다.

"확실히 그렇습니다. 그만큼이나 사태가 심각해지면 신전이든 나라에서든 움직일 테니까요."

노이만이 감탄을 터트렸다.

"거기까지 생각이 닿으셨군요. 대단하십니다. 경이니까 솔직히 말씀드리는 거지만, 위에 계신 분들은 밑을 잘 모르시거든요."

"별로 어려운 일도 아니에요. 다 취향의 문제죠."

"취향…… 말씀이십니까?"

"같은 구매자라도, 젊은 사람이랑 노인이 찾는 물건은

다르잖아요. 그런 것처럼, 사람들마다 신에게 바라는 것도 다르다는 말이죠."

포교와 연극은 관객의 마음을 움직여야 의미가 있다는 공통점이 있다.

원하는 반응을 관객에게서 이끌어 내려면, 우선 관객이 될 타깃층을 골라 적절한 무대와 연출을 세팅한 뒤, 관객의 입맛에 맞는 시나리오를 풀어내야 한다.

위에서 말했듯, 어떤 의미로는 포교도 마찬가지고.

"어쨌든, 그런 식으로 추렸더니 몇 군데 후보지가 나오더라고요. 어디 보자……."

과자를 입에 물고, 아렌트는 아무렇게나 흩어진 서류 더미를 뒤적거렸다.

"부스러기 흘립니다."

"어차피 직접 청소하시는 것도 아니면서. 아, 찾았다."

짧은 잔소리를 흘려 넘겨 버린 아렌트가 종이 몇 장을 골라내 노이만에게 건네주었다.

"이곳들이 아렌트 경께서 찾아낸 후보지입니까?"

"대충 걸러 내기만 했으니, 좀 더 자세히 조사해야죠. 이미 일이 터졌을지도 모를 일이고."

추렸다고 해도 수가 제법 많았다.

노이만은 지명들을 훑어보며 고개를 끄덕였다.

"알겠습니다. 근처 지부에 연락해서 사람을 보내겠습

니다."

 노이만이 그렇게 대답했지만, 아직도 아렌트는 시원스런 얼굴이 아니었다.

 그를 가만히 지켜보던 노이만이 먼저 입을 열었다.

 "방금 알려 주신 지역들은 전부 타국이군요. 제국 내부는 아렌트 경께서 직접 살피실 겁니까?"

 "아뇨, 아직은."

 지금 당장은 황실 기사단이 직접 움직일 만한 명분이 부족하다. 아직 표면적으로는 아무런 일도 벌어지지 않았으니까.

 게다가…….

 '신전이 끼어들면 일이 복잡해져.'

 잠깐 고민하던 견습 기사가 다시 운을 뗐다.

 "데클란 씨는 본단에 있어요?"

 "예, 얼마간 다른 지부에 갔다가 바로 며칠 전 돌아왔습니다."

 "흠."

 한참을 곰곰이 생각하던 아렌트가 다시 고개를 들었다.

 "그럼 데클란 씨를 그쪽에 좀 보내 주세요. 그 사람이라면 악신교 사기꾼 놈들이 무슨 말을 지껄여도 안 넘어갈 테니까."

도박을 좋아했던 불량 신관이었다지만 그의 신앙만큼은 진짜고, 이런 일에는 그런 신관이 더욱 어울릴 테니.

노이만이 빙그레 미소 지었다.

"그렇게 전하겠습니다. 아렌트 경께 도움을 줄 수 있다면 아주 기뻐할 겁니다."

"위험한 일이니까 너무 좋아하지는 말라고 하세요. 아시겠지만, 무슨 일이 벌어진 것 같아도 직접 참견은 삼가야 하고."

"알겠습니다."

이야기가 정리되자 아렌트는 남아 있던 차를 시원하게 들이켜고는 잔을 내려놓았다.

"더 필요한 건 없으십니까?"

"이걸로 충분해요. 가는 길에 신전에는 잠깐 들러야겠지만."

"신전에는 왜 가십니까?"

"루미엘 신관님께 여쭤볼 게 있어서요."

"늘 바쁘시군요. 젊음이 좋기는 좋습니다."

노이만이 빙그레 웃으며 젊은 견습 기사를 배웅했다.

"그래도 다음에는 자료나 일거리는 빼고, 차와 맛있는 과자만 내어놓으라고 하셨으면 좋겠습니다."

"장사꾼이 그런 말씀 하셔도 되나요?"

천연덕스럽게 어깨를 으쓱한 아렌트는 그 길로 유유히

노이만 상단을 빠져나왔다.

큰 길을 따라 걸으며, 아렌트는 다시 머리를 굴리기 시작했다.

'이야기가 크게 달라졌어.'

이번에도 '성검의 푸른 기사'의 내용이 어느 정도 힌트가 되었다.

체르니온이며 악신처럼, 정작 중요한 것은 하나도 알려주지 않은 빌어먹을 소설이지만 그래도 아직까지는 그 내용 면에서 제법 쓸모 있었다.

'그래도 조만간 한계가 오겠지.'

자신이 손수 흐름을 바꿔 나가고 있으니 조만간 그마저도 도움이 안 될 때가 올 것이다.

하지만 문제는 없었다. 지금까지 언젠가 다가올 그 순간을 대비해 투자해 온 것과 마찬가지였다.

앞으로도 해야 할 일은 바뀌지 않을 것이다.

무대 위에 올라온 이상, 관객들이 박수를 치며 막이 내려가기 전까지는 연기를 해야 하니까.

목숨을 걸고.

* * *

당연한 말이지만, 그동안 칸타레스 역시 손을 놓고 있

던 건 아니었다.

데클란에게서 보고가 올라왔다는 연락을 받은 그날, 칸타레스가 급히 회의를 소집했다.

"루카인 왕국만이 아니라 다른 나라에서도 비슷한 사례가 계속 생기고 있다. 지난주에만 소식이 세 건 더 들어왔어."

"그것들은 언제 벌어진 일입니까?"

"제일 최근은 지난주로군. 아직 진압 중이라는데, 폭동의 주동자는 이미 감시망을 피해 도주한 것으로 보인다고 해."

켄드릭의 물음에 칸타레스가 회의실 테이블 위에 보고서 하나를 탁, 던지듯 내려놓으며 대답했다.

"추적 중이지만 체포는 어려울 것 같다고 하더군. 이미 국경을 빠져나갔을지도 모르니 협조 바란다는 공문이 도착했어."

"놈들이 활동 영역을 넓혔군요."

다이아나가 침착하게 말했다.

"시기가 참 공교롭습니다. 타국에 소식을 알리자마자 이런 일이 터지다니."

"공교롭다는 것보다는 적절했다고 봐야지. 놈들은 꽤 오래전부터 이번 일을 준비해 왔을 테니까."

켄드릭의 말에 모두가 고개를 끄덕였다.

정보를 조금만 더 늦게 풀었더라면 피해가 더 커졌을지도 모를 일이었다.

"뭔가 알아내는 대로 공유하기로 했으니, 곧 그쪽에서도 소식이 들어오겠지. 그리고 저놈도 할 말이 있다더군."

칸타레스가 회의실 한쪽을 차지한 견습 기사 쪽으로 시선을 주었다.

황태자와 눈을 마주친 아렌트가 입을 열었다.

"그 폭도 건으로 노이만 상단 쪽에서 연락이 왔습니다. 거두절미하고 본론부터 말씀드리자면."

"……."

"지금 큰일 났습니다."

"크억! 컥! 쿨럭쿨럭!"

견습 기사가 덤덤히 덧붙인 말에 칸타레스는 마른 사레가 들리고 말았다.

기사단장들 역시 순간 얼빠진 낯짝이 되고 말았다.

한참 동안 기침을 토해 내던 황태자가 빼액, 고함을 쳤다.

"야, 넌 무슨 그런 말을 아무렇지도 않게 하냐?"

진지하던 분위기가 한 번에 개박살 나는 순간이었다.

"오늘 아침에 상단주님이 그렇게 보고받으셨답니다. 정식 보고서를 꾸릴 여유도 없는 긴급한 사안이라 저 역시 통신으로 전해 들었어요."

천연덕스레 어깨를 으쓱한 아렌트가 말을 이었다.

"조사관…… 그러니까 데클란 씨죠. 여행자로 위장해서 도시에 들어갔는데, 루체 신상이 파괴된 걸 봤답니다."

"뭐? 신상이?"

"네, 광장에 있던 신상이 파손됐대요."

라이오스가 귀를 의심하며 되묻는 말에 담담한 대답이 돌아왔다.

"따로 신전이 없는 대신 세워 둔 큰 신상인데, 낙서로 뒤덮이고 얼굴이 깨졌다나. 여하튼, 처참한 꼴이었답니다."

"허어……."

"이미 치안대도 놈들의 손에 넘어간 상태였대요. 신상을 복구하지 못하도록 앞에서 지키는 놈들도 있었고."

켄드릭의 탄식은 뒤이어진 아렌트의 목소리에 가려졌다. 신성국가 칼리온 제국 내에서 벌어졌다고는 믿기 힘든 일들이었다.

"여관으로 들어가서 방을 잡으니, 여관 주인이 포교까지 시도했답니다. 루체 따위와 비교할 수 없을 정도로 자비롭고 위대한 신이 있다고."

체르니온을 지칭하는 말이었다.

"……."

회의실에 진득한 침묵이 내려앉았다.

한참 만에 칸타레스가 인상을 구기며 간신히 운을 뗐다.

"이게 지금…… 이 칼리온 제국에서 벌어진 일이라는 거지?"

"그럼 어디겠습니까? 도시 하나가 통째로 먹혔어요. 루체 신은 모욕당했고요."

차갑게 느껴질 정도로 냉정한 대답에 칸타레스는 다시 할 말을 잃어버리고 말았다.

큰일이라는 말이 전혀 과장된 게 아니었다. 오히려 이런 일을 덤덤히 말하는 저놈이 무서울 지경이었다.

"사람들에게 새로운 종교 운운하며 퍼뜨리고 다니는 녀석이 있었대요. 하지만 이미 그놈은 도시를 떠나 다른 곳으로 향했다는 것 같습니다."

"다른 곳에서 같은 짓을 한다는 건가?"

"그렇겠죠. 생김새를 물어보니 루카인 왕국에 나타났던 녀석이랑 비슷한 인상이었다고 합니다. 상처투성이에 기이한 흉터가 많은 남자였대요."

라이오스에게 답을 내준 아렌트가 팔짱을 끼고 고개를 삐딱하게 기울였다.

"그밖에도 치안대 이름으로 무기를 모으는 등, 불온한 움직임이 보인답니다. 툭 치면 바로 폭동이 터질 것 같은 분위기였대요."

"그놈이 도시를 떠난 건 언제지?"

"일주일쯤 된 일이라고 합니다. 어디로 향했는지는 알 수 없지만, 데클란 씨가 일단 조사 중이라고 해요."

일주일이라면 다음 일을 도모하기 시작하고도 남았을 시간이었다.

회의실 안에 다시 심란한 침묵이 진득하게 내려앉았다.

그들이 돈으로 매수당한 거라면 크게 놀랄 일도 아니었다.

하지만 자신들이 평생 터전으로 여긴 신을 저버리다니. 사람의 마음이 흔들리는 것은 권력으로도, 무력으로도 어쩌지 못하는 일이었다.

가슴 한편이 섬뜩해졌다.

아렌트가 고개를 삐딱하게 까닥였다.

"미리 말씀드리지만, 이번 일에는 신전이 개입하지 않았으면 합니다."

견습 기사의 말에 칸타레스가 미간을 구겼다.

"악신교에 가담해, 루체 님을 모독한 자들을 그냥 내버려 두라고?"

"사기꾼에게 당한 사람은 단지 피해자일 뿐입니다."

사기꾼.

포교 활동을 한 놈을 그렇게만 지칭한다면, 그에 넘어간 사람들 역시 단순한 피해자가 될 것이다.

"그런 얼빠진 종교에 넘어간 멍청이들한테 훈계를 늘어놓는 건 신전의 역할이지만, 최소한 지금은 그쪽이 나설 때가 아니에요."

잠자코 있던 라이오스가 입을 열었다.

"아직 폭동이나 반란이 일어나지 않았으니 진압 대상이 아닙니다. 피를 흘릴 일은 최대한 없애야 합니다."

이 일이 테오도르 대신관 귀에 들어간다면 분명 그냥은 끝나지 않을 것이다. 변심하고 이단에 가담한 주민들을 신전이 가만히 내버려 둘 리가 없었다.

하지만 다른 이들은 쉽게 고개를 끄덕이지 못했다.

시선을 내리깐 켄드릭이 심란하게 대꾸했다.

"하지만 그들은 언제든 반란군으로 변모할 수 있다. 아직은 아니라고 해도, 우리가 그쪽으로 이동하는 중에 무슨 일이 생길지 모를 일이지."

상대는 체르니온교였다. 대대적으로 수배령이 내려진 상황에서 그들에게 귀를 기울인 건 분명히 중죄였다.

고심에 빠진 황태자가 입을 다물어 버리자, 아무도 선뜻 입을 열지 못했다.

하지만 그렇다고 해서 제대로 된 무력도 갖추지 못한 민간인에게 검을 들이미는 것도 바람직한 일은 아니었다.

불편한 침묵이 길어지던 그때.

그냥 하고 싶은 대로 해라 〈49〉

쯧, 혀를 찬 아렌트가 한쪽 손을 들더니 콰아앙! 그대로 테이블을 세게 내려쳤다.

화들짝 놀라 고개를 든 이들은, 짜증이 가득 실린 한 쌍의 황금색 눈동자와 시선을 마주치고 말았다.

"뭐 그렇게 답답하게 굴어요? 기껏 여기까지 알아냈는데 대신관 영감탱이가 끼어들어서 일이 복잡해지는 꼴, 저는 못 봅니다."

영감탱이.

이 제국의 대신관을 감히 그렇게 부를 수 있는 놈은 아마 이 세상에 저놈뿐일 것이다.

상상을 초월한 발언에 황태자와 단장들이 입을 쩍 벌리는 찰나, 아렌트가 신경질적으로 말을 쏟아 냈다.

"드래곤이든 인간이든, 우리랑 싸우는 건 이 땅에 발붙이고 사는 사람이고, 뒈지게 구르는 건 우린데 왜 자꾸 신을 끌고 와요?"

"아니……."

"신상이라고 해 봤자 돌 깎아서 만든 장식품일 뿐인데, 그게 뭐 루체 신의 진짜 분신이라도 된답니까?"

견습 기사는 칸타레스가 항변할 틈도 주지 않았다.

"신상 부서지고 욕먹어서 억울하시면 루체 님한테 직접 와서 사태 수습 좀 해 보라고 하십쇼. 그러면 저도 그냥 입 닥치겠습니다."

"……."

"그럴 거 아니면, 얌전히 기도만 하시는 영감탱이도 끼어들지 말고 가만히 있으라고 해요. 이럴 때 서로 견제하라고 황실이랑 신전이 분리되어 있는 거 아닙니까?"

눈앞이 아찔해질 정도의 신성 모독이었다. 하지만 또 반박할 수 없다는 게 참으로 안타깝기 그지없었다.

"반란이 벌어질지도 모른다는 거지, 아직 아무 일도 안 생겼습니다. 그냥 사기꾼한테 속은 머저리들 정신 차리게 만들고, 끄나풀을 잡아내서 본거지 어딘지 불라고 협박하면 될 일입니다. 뭘 그렇게 심각하게 따져요?"

답지 않게 긴 말을 쏟아 낸 뒤 자신을 사납게 노려보는 견습 기사를 마주 보며, 칸타레스는 어색하게 입꼬리를 올렸다.

"너…… 화났냐?"

"전하께서 자꾸 짜증 나게 하셨잖습니까."

쯧, 다시 한번 혀를 찬 아렌트는 흘러내린 앞머리를 신경질적으로 쓸어 올렸다.

"그리고, 계산 못 하십니까? 속아 넘어갔다고 해도 어차피 다 제국민입니다. 토벌한다며 나서 봤자, 살을 스스로 도려내는 꼴밖에 안 된다고요."

"알았어, 알았다고. 귀에서 피 날 것 같으니 그만해! 내가 잘못했다."

결국 칸타레스는 손을 휘휘 내저으며 항복을 선언할 수밖에 없었다.

황태자를 못마땅하게 보던 아렌트가 아직도 짜증이 녹아 있는 목소리로 덧붙였다.

"어쨌든, 빼앗긴 건 다시 되찾아야죠. 그 사이비 새끼들 엉덩이를 걷어차 줘야 한다는 건 두말할 것도 없고."

"하아…… 진짜 저 성질머리하곤."

드래곤도 떨게 만든다는 신조차 저놈에게는 전혀 의미가 없는 것 같았다.

저도 모르게 긴장했던 몸에서 힘이 쭉 빠졌다. 심각하게 고민한 자신이 바보처럼 느껴진 탓이었다.

지끈대는 이마를 꾹꾹 누르던 칸타레스가 맥 빠진 소리를 냈다.

"계산…… 그래, 네 말대로 손익을 따지자면 우리 선에서 처리하는 게 맞아."

"전하, 진심이십니까?"

"저 자식 말이 거칠긴 하지만 틀린 건 아니지. 일이 더 커지면 수습하기만 힘들어져."

다이아나의 물음에 칸타레스가 고개를 끄덕였다.

"하지만 신전을 배제하려면 이 일을 우리 힘만으로 완벽하게 수습해야 해. 그럴 방법은 있나?"

"악신교 쪽에 넘어간 머저리들을 제정신으로 만들어야죠."

여전히 못마땅한 눈치를 숨기지 않으면서도 아렌트가 그렇게 답을 내주었다.

"아티팩트에 당한 상태라고 해도, 어쩌면 파훼 방법이 있을지도 모릅니다."

기억 조작 아티팩트, '므네모시네의 숨결'은 상대방이 악신에 신앙이 있어야만 발동할 수 있다. 그건 칸타레스와 단장들도 아는 사실이었다.

"그 신앙이 깨지면 아티팩트의 효과도 없어질지 모릅니다."

"이론상은 그렇겠지만, 말처럼 쉬울 것 같지는 않군."

"어차피 이렇게 된 거, 시도는 해 봐야죠."

켄드릭에게 천연덕스레 어깨를 으쓱해 보인 아렌트가 덧붙였다.

그 모습을 본 그들은 확신했다. 이미 저놈 머릿속에는 나름의 계획이 완성되어 있다고.

짧게 한숨을 내쉰 칸타레스가 고개를 끄덕였다.

"……알았어. 일단은 믿고 맡기지. 켄드릭 단장, 다이아나 단장. 두 사람은 도시를 떠났다는 놈을 추적해. 그리고 라이오스 단장."

"예."

호명당한 라이오스가 단정하게 대답했다.

"경은 저 망할 놈 데리고 현장으로 가. 해결 방식은 일단 자율에 맡기겠지만, 길게 끌 여유는 없어. 알지?"

조만간 신전도 이 소식을 알게 될 테니, 최대한 빨리 움직여야 했다.

"예, 알겠습니다."

"그리고, 아렌트."

"넵."

황태자는 건성으로 대답하는 아렌트를 곱지 않은 눈으로 흘겨보았다.

"……이렇게 된 거, 그냥 너 하고 싶은 대로 해 봐라. 수습은 내가 해 주지."

"말씀 안 하셔도 그럴 생각이었습니다."

곧장 돌아온 담백한 대꾸에 칸타레스는 골치 아프다는 듯 고개를 절레절레 내저을 뿐이었다.

* * *

"정말 성격이 장난 아니군. 자칫하다간 물리겠어."

회의실에서 제법 멀어진 뒤 켄드릭이 가장 처음으로 한 말이었다. 노기사의 얼굴에는 순수한 탄성이 서려 있었다.

"지금 감탄이 나오십니까?"

"왜? 늘 속을 알 수 없는 놈인데 오랜만에 어린애다운 모습이라 나쁘지 않았네만."

"어린애 패악을 못 이겨서 이런 중대 사항을 쉽게 결정해 버리는 것도 보통이 아닌 짓이긴 합니다만."
"자네도 크게 반대하지 않았으면서, 뭐."
"……."
그 말은 다이아나도 부정하지 않았다.
침묵하는 그녀를 힐끗 본 켄드릭이 피식 웃음을 터뜨렸다.
"결국엔 사람 살리겠다는 말인데, 받아들이지 않을 수가 없지. 그 어떤 대의명분보다 중요한 건 그거니까."
그놈의 의중을 파악하지 못했다면 모를까, 이해한 뒤에는 듣지 않을 도리가 없었다.
황태자 역시 마찬가지였을 것이다.
대신관이 마음에 걸린다 하더라도, 아직 갱생 가능성이 있는 민간인을 반란 분자로 모는 것은 누가 뭐래도 내키지 않는 일이니까.
"두 마리 토끼를 다 잡는 데 망설임이 없는 게지."
실현 가능성이 있느냐의 문제가 남아 있었지만, 그 녀석은 이번에도 과감히 모험에 도전하고 싶은 것 같았다.
이 나라에서 대신관의 권한을 무시할 수 있는 사람은 아무도 없다. 심지어는 황제도 편하게 대하지 못하는 사람이 바로 테오도르 대신관이었다.
만약 틀어지면 그냥은 넘어가지 못할 일인데.

"치기 어린 만용인 건지…… 아니면 용감한 건지."

"그냥 성격이 나쁜 것 아닙니까? 자기 마음에 안 들면 다 뒤엎고 싶어지는 거죠."

"허허. 그럴지도 모르지."

다이아나의 말에 켄드릭이 너털웃음을 터뜨렸다. 그렇게 이야기하면서도 그녀 역시 크게 불쾌한 기색은 보이지 않았다.

그놈이 황궁을 휘젓고 다닌 지도 이제 제법 시간이 지났으니, 그 빌어먹을 견습 기사 녀석이 뭘 바라는지도 대충 짐작할 수 있었다.

평화로운 시대의 규칙에 맞춰 견고하게 쌓아 올린 관습은 더 이상 필요 없다는 거겠지.

켄드릭이 살짝 목소리를 낮췄다.

"……솔직히 말해서, 테오도르 대신관님이 손수 앞장서시겠다고 하는 상황은 나도 꺼려지는군."

"동의합니다. 그분은 정치인이 아니라 신관이시니까요."

다이아나 역시 묵묵히 고개를 끄덕였다.

융통성 있고 다방면으로 시야를 넓게 두는 루미엘 신관과는 달리, 테오도르 대신관은 완전무결한 루체 신의 세계에서 살고 싶어 하는 사람이다.

완고한 데다, 한편으로는 극단적이기까지 한 전형적인 신관.

한 치의 양보도 없는 신앙은 모두에게 존경받아 마땅해 대신관이 되기에 손색없었지만, 그렇기에 더욱 이런 사태와 그는 어울리지 않았다.

평화로운 시대는 절대적 선이라는 것이 통한다.

하지만 전쟁에서 흑백론은 가장 지양해야 할 것 중 하나였다.

테오도르 대신관에게 루체 신은 절대적인 선이고, 그를 따르지 않는 존재는 무조건 악이었다. 잠깐이라도 체르니온교에 혹했던 사람들은 죄다 불태워야 한다고 주장하겠지.

어쩌면 타협하고 다음을 기약할 수도 있는 상황을 당장 벼랑 끝까지 몰고 가 버릴지도 모른다.

그런 의미에서 아렌트의 판단은 정확했다.

루체 신께 기도드리는 사람으로서는 조금 꺼림칙한 내용이었다만······.

"마음에 안 드는 건 그냥 치워 버릴 수 있다니. 젊은 놈이 부럽긴 부럽군."

"저는 좀 버겁습니다만."

"그건 나도 마찬가지야."

짧은 주고받음 뒤, 두 사람은 동시에 피식 입꼬리를 올렸다.

놈에게 설득당했다는 걸 인정하고 나니 약간의 민망함

이 뒤따랐다.

머쓱하게 뒷목을 매만지던 켄드릭이 쓰게 웃었다.

"오랜 평화에 나도 녹이 슨 모양이야. 이제는 낡은 방패가 아니라 적을 베어 넘길 검이 필요한 시대가 올 게야."

지랄 맞은 견습 기사가 몰고 온 혼란은 언제나 변화를 가져왔다. 그놈을 오롯이 감당하는, 단장들 중 가장 젊은 라이오스는 이미 변화를 체감하고 서서히 받아들여 가는 중이고.

"라이오스는 좋은 검이 되겠지."

"라이오스 단장이 좋은 검이라면, 켄드릭 단장께서는 그 무엇보다도 단단한 방패가 되시겠군요."

켄드릭이 놀란 눈으로 자신을 보자 다이아나가 씨익, 웃어 보였다.

"바로 출격 준비하겠습니다."

"두 시간 뒤에 만나지."

우선, 지금은 해야 할 일이 태산이었다.

* * *

출정 준비를 하면서도 아렌트는 줄곧 다른 생각에 사로잡혀 있었다.

'폭동이라.'

노이만과 황태자 일행에게는 거창한 설명까지 덧붙여 주었지만, 사실 이번 일 역시 '성검의 푸른 기사'의 내용에서 힌트를 얻은 거였다.

한창 내전이 벌어지던 중, 라이오스는 휴식을 취할 겸 한 마을에 방문하게 된다.

전쟁으로 피폐해진 와중에도 주민들은 이미 영웅으로 이름이 드높아진 라이오스와 기사들을 환대했고, 음식은 물론 따뜻한 잠자리까지 내준다.

하지만 그들이 준비한 식사에는 독이 들어 있었고, 기사들이 그것을 알아차리자 주민들은 순식간에 돌변해 무기를 들고 덤벼들었다.

제대로 훈련도 받지 않은 일반인들이었으니, 그 소동은 순식간에 정리되었다. 하지만 당시 라이오스는 적지 않은 충격을 받았다.

연이은 내전에 민심까지 등을 돌려 버렸다는 사실에 심리적으로 큰 타격을 입은 것이다.

그 에피소드는 짧게 지나갔지만, 일이 이 지경이 되니 자연스럽게 의심이 갔다.

'혹시나 해서 짚어 봤더니.'

역시, 단지 민심이 변한 게 아니라, 이미 사람들에게 체르니온 교단의 마수가 뻗친 거였다.

'빌어처먹을 놈들.'

답답한 마음에 막 나가긴 했지만, 루체교 쪽과 척을 지는 건 그리 옳은 방법은 아니었다.

하지만 지금 신전에 주도권을 빼앗겨서는 안 됐다.

'소설에서는 최대한 전쟁에 개입하지 않길 원했지. 그 노인네.'

대신관이 그런 태도를 보인 것은 신을 모시는 자가 속세의 일에 관여해서는 안 된다는 신념 때문이었다.

루미엘 신관은 거기에 반발해 독자적으로 나섰던 것이고.

라이오스가 성검의 기사로 선택받은 뒤에는 그나마 적극적인 움직임을 보였지만, 그때도 적을 토벌하는 데 앞장선 것은 아니었다.

루미엘 신관을 지원해 주며, 자신은 후방에 물러서서 상황을 지켜보는 쪽을 택했지.

하지만 상황이 달라진 지금, 대신관이 어떻게 나올지도 미지수였다.

그리고 '아렌트'의 입장에서 그를 직, 간접적으로 겪어 본 결과, 개인적으로 해석해 낸 그의 캐릭터상으로는…….

'상상만 해도 골치 아프군.'

지금까지 파악한 걸로 봐선 루체 신과 관련된 일에는

상상 이상으로 성가시게 굴 것이 뻔했다.

 대신관의 모든 행동에 악의가 없다는 것도 문제였다. 그 노인은 오로지 자신의 신념과 신앙에 따라 움직일 뿐이니까.

 아직 소설의 주된 요소인 성검도 등장하지 않았고, 대놓고 적대하는 건 썩 바람직한 선택은 아니니…… 이렇게 처리하는 게 최선일 터.

 '라이오스 단장은 아직까지 별생각 없는 것 같지만.'

 실리주의자인 황태자나, 어떤 경우에도 사람의 목숨을 우선시하는 라이오스는 둘째치고, 켄드릭과 다이아나 역시 어린 견습 기사의 패악질 정도에 마음을 돌린 걸로 봐선 대신관의 평소 이미지가 어떤지는 충분히 짐작이 간다.

 라이오스의 완벽한 승리를 위해서, 대신관 쪽도 언젠가 한 번쯤 들쑤실 필요가 있어 보였다.

 "넌 또 왜 심사가 뒤틀렸냐?"

 그때, 상념에 빠진 머릿속에 아서의 목소리가 파고들었다.

 어느새 옆으로 다가온 아서가 뚱하니 이쪽을 보고 있었다.

 퍼뜩 정신을 차린 그는 재빨리 '아렌트'의 시큰둥한 표정을 얼굴에 끼웠다.

 "준비는요?"

"다 됐어. 매번 이 난리를 치는 것도 우습긴 하다만."

조용히 움직일 필요가 있는 탓에 이번에도 출정 인원은 단출했다.

직접 움직이는 사람은 라이오스, 아서, 리히트, 그리고 아렌트. 나머지는 황궁에 남아서 기본 업무를 처리하며 대기하는 것으로 되었다.

두 사람이 시답잖은 대화를 나누는 사이, 리히트와 라이오스 역시 준비를 마치고 합류해 왔다.

출정 인원이 모두 모이자 라이오스가 일정을 간단히 브리핑했다.

"최대한 빠르게 해당 지역으로 이동한다. 최근에도 대량의 무기가 흘러든 것을 확인했으니, 사태가 폭동으로 번지기 전에 수습해야 한다."

그것이 이번 출정의 최대 목표였다.

"만일의 상황에 대비해 타 지역 치안대와 미리 연계해 두었다. 만일의 상황이 벌어지면 치안대와 연합하고, 근처에 있던 켄드릭 경과 다이아나 경과 합류해 진압한다."

"예, 알겠습니다."

지금이 처음이자 마지막 기회였다. 칸타레스가 최대한 정보를 차단하겠지만, 신전의 눈과 귀를 피하는 것에는 한계가 있었다.

다른 나라에서 벌어진 폭동 소식은 이미 테오도르 대신

관의 귀에 들어갔을 터.

 같은 일이 제국 내에서도 벌어졌다는 것을 대신관이 알아차리기 전에 일을 수습해야 했다.

 라이오스의 말에 뒤이어 아렌트가 보고했다.

 "도시 내, 외부는 노이만 상단의 조사관들이 지켜보고 있습니다. 불온한 움직임이 보이거나 급히 도시를 빠져나가는 인원이 포착되면 저한테 연락이 올 겁니다."

 "그 조사관들은 믿을 만해?"

 "넵, 노이만 상단주님이 보증한 사람들이고, 개인적으로 고용한 사람들이니 안심하십쇼."

 물론 고용비는 나중에 황태자에게서 뜯어낼 예정이지만. 그 말은 간단히 생략했다.

 라이오스가 부하들을 둘러보며 고개를 끄덕였다.

 "좋다. 그럼 출발하지."

 "혹시 몇 가지 질문을 드려도 괜찮으시겠습니까?"

 그때, 조용히 있던 리히트가 앞으로 나섰다.

 "아렌트는 이미 적에게 얼굴이 알려졌습니다. 도시가 이미 체르니온교의 손아귀에 떨어진 상황이라면……."

 "제 인상착의가 이미 퍼졌을지도 모른다는 말이죠?"

 하지만 내뱉으려던 말은 중간에 끊어졌다.

 리히트는 짧게 한숨을 내쉬고 아렌트를 보았다.

 "알려졌다면 천하의 악적, 쓰레기 자식쯤으로 소문이

퍼졌겠죠?"

"너 좀 기뻐 보인다?"

아서가 꺼림칙하게 중얼거리는 말이 스쳐 지나가고, 리히트가 불안하게 물었다.

"방법이 있나? 이런 말하긴 조금 우습지만, 적들 사이에서는 네 얼굴이 단장님보다도 더 알려졌을지도 모른다."

"설마 제 걱정을 해 주시는 겁니까? 이 후배, 감동해서 몸 둘 바를 모르겠……."

"실언했다."

빠르게 후회하는 리히트를 시큰둥하니 보던 아렌트가 흥, 하고 팔짱을 꼈다.

"두 번째 질문은 그거죠? 이미 루체 신에게서 등을 돌린 사람들을 어떻게 설득할 것인가."

"그래."

그것만큼은 아직 라이오스도 듣지 못했다.

세 사람의 의구심 가득한 시선이 제게 몰리자 아렌트가 피식 입꼬리를 올렸다.

"어디 보자. 제 인상착의라면…… 은발에 금안을 가졌고, 굉장히, 아주 잘생긴 청년쯤으로 알려졌겠네요."

"……."

"……."

"……."

 기사들의 표정이 순식간에 뭐라도 씹은 듯 떨떠름해졌다. 늘 그렇듯 부정할 수 없다는 게 제일 화나는 부분이었다.

 "잘생긴 건 어쩔 수 없지만 머리카락과 눈동자는 위장하면 될 겁니다. 그것만으로는 당연히 부족할 테고."

 '아렌트 폰 에크하르트'의 가장 큰 특징은 역시 그 성질머리였다.

 잠깐 고민하던 아렌트가 제 얼굴을 한 번 쓸어내리고 손을 떼었을 때, 더 이상 영악하고 성질 더러운 견습 기사는 없었다.

 "……선배님, 이번 출정에서도 잘 부탁드립니다."

 사르르 미소 짓는 눈초리와 입매, 그리고 그저 유순한 눈망울까지.

 빈틈이라곤 찾아볼 수 없는 차가운 인상에 도도함과 오만함이 흐르는 태도는 어디로 가고, 그 자리에는 갓 아카데미를 졸업하고 입단한, 어수룩한 견습 기사 한 명만이 있을 뿐이었다.

 입을 쩍 벌리는 세 사람을 보며 아렌트는 표정을 원래대로 바꾸고 어깨를 으쓱했다.

 "이 정도면 되겠죠."

 어차피 이것도 진짜 그의 모습은 아니니, 연기 콘셉트

는 바꾸면 그만이었다.

"악몽에 나올 것 같습니다……."

"마찬가지다."

동료들에게는 새로운 트라우마가 생긴 것 같지만 뭐, 그건 알 바 아니고.

* * *

한참을 이동하다 잠깐 쉬던 중, 뜻밖의 연락이 왔다.

- 야, 아직 안 죽고 잘 살아 있냐?

"왜요? 어디 가서 죽었으면 좋겠어요?"

르웰린이었다.

통신을 받아 그리 대꾸하자 통신구 너머에서 키득키득, 웃음소리가 들려왔다.

- 네 성격상 어디서 칼 맞고 와도 전혀 이상하지 않을 것 같아서.

"바쁘니까 쓸데없는 소리 말고 용건이나 말하시죠."

- 알겠어. 별건 아니고, 잠깐 왕국으로 돌아가려고.

"왕국에는 무슨 일로요? 그리고 광산에서는 뭐 좀 알아냈어요?"

- 새로 뭔가를 알아내지는 못했는데, 구조를 살펴보니 확실히 드래곤이 좋아할 만한 환경이긴 하더라. 나머지

는 백작의 분석을 기다려 보는 수밖에.

그것이 못내 아쉬운지 르웰린이 쩝, 입맛 다시는 소리를 냈다.

- 왕국에는 잠깐 장비 챙기러 가는 거야. 겸사겸사 조사도 할 겸, 왕실 서고에 들렀다가 부하들이랑 합류해서 본격적으로 움직이려고.

"다음 목적지는 어디신데요?"

- 일단은 바다 쪽. 자세한 건 다녀와서 말해 줄게.

"알아서 하세요."

통신은 그것으로 끊어졌다.

아직 잠잠한 것을 보니, 에버란 왕국에는 놈들의 마수가 뻗치지 않은 것 같았다.

'그나마 다행인 일인가.'

르웰린이야 어떻든, 신종 구울과 관련된 단서가 잡혔다는 소식이 들려오면 좋을 텐데. 아직 노이만 상단에서도, 다이아나와 켄드릭에게서도 그런 기미는 보이지 않았다.

'조급해하지 말자.'

어쩌면 지금 향하는 곳에서 단서를 얻을 수 있을지도 모르고.

"이제 몇 시간이면 도착한다."

마침 라이오스가 입을 열어 기사들의 시선을 자신에게 모았다.

"사람들을 선동한 구울이 도시를 떠난 뒤, 치안대장이 실질적인 우두머리 노릇을 하고 있다는 것을 확인했다."

"공략하려면 그놈이겠네요."

어차피 도시라고 해 봤자 영주성과도 거리가 멀고 인구도 적어, 조금 큰 마을 정도의 규모였다.

그렇다면 소문이 퍼지는 것도 금방일 테지.

아서가 미심쩍다는 표정으로 후배에게 물었다.

"어쩔 건데? 방법이 있다고는 했지만 계획을 설명해 주지는 않았잖아."

"혹시 사람들이 제일 열받을 때가 언젠지 아십니까?"

하지만 그 질문에 돌아온 건 또 다른 뜬금없는 물음이었다.

일행이 이건 또 뭔 개소리라는 듯 눈살을 찌푸리자 아렌트가 답을 내주었다.

"철석같이 믿었는데, 사실은 속았다는 걸 깨달을 때요."

"……."

그렇게 말하는 놈이 유난히도 짓궂어 보여, 세 사람은 저도 모르게 질린 얼굴을 하며 슬쩍 뒤로 물러섰다.

아렌트가 씨익, 웃어 보였다.

"황태자 전하께서 그냥 하고 싶은 대로 하라고 말씀하셨거든요? 아직 견습이라지만 기사 된 자로서 황태자 전하의 명령을 따라야 하지 않겠습니까?"

"……."
"……."
"……."

처음으로 칸타레스가 원망스러워지는 순간이었다.

아렌트의 미소가 더욱 짙어졌다.

"이렇게 된 거, 재미있는 거나 한번 해 보자고요."

재미있는 것.

저놈 입에서 나온 말이 단어 그대로의 의미를 지녔을 리가 없었다.

아서가 곁의 단장에게 속삭였다.

"저놈, 왜 갑자기 고삐 풀린 망아지가 됐습니까?"

"갑자기가 아니라, 원래 그랬다."

최근 들어 계기가 몇 번 있었던 건 사실이지만.

황태자가 자포자기식으로 말한 '어디 한번 네 마음대로 해 봐라.'도 그렇지만, 자신이 연무장에서 내뱉은 말 역시 영향이 없다고는 할 수 없을 것 같았다.

'내가 책임진다고도 했던가…….'

지금까지 꺼낸 말을 후회한 적은 한 번도 없었지만, 이번만큼은 섣불리 말을 주워섬긴 것을 반성할 수밖에 없었다.

단장의 그런 속을 알 리가 없는, 아니, 알아도 전혀 신경 쓰지 않는 견습 기사가 제가 만든 시나리오를 설명하기 시작했다.

한참 후, 리히트가 회의적으로 되물었다.

"그런 게 진짜로 통한다고?"

"안 되는 게 어디 있어요? 되게 만드는 거지."

허리에 손을 짚은 아렌트가 뻔뻔하게 말했지만, 기사들의 얼굴에는 불안감만이 가득했다.

물론…… 뜻대로만 풀린다면 의도한 바는 이룰 테지만, 기사들의 발목을 잡는 생각은 딱 하나였다.

진짜 이래도 되나.

그렇다고 해서 더 좋은 방법이 있는 것도 아니었다.

주군을 위해서 무엇이든지 해야 하는, 기사라는 자신들의 신분에 지극히 회의감이 드는 순간이었다.

혼란에 빠진 선배들을 향해 아렌트가 다시금 씨이익, 웃어 보였다.

"어디, 제대로 사기 한번 쳐 보자고요."

그러고는 주머니에서 미리 준비해 온 마정석을 꺼냈다.

출정하기 전, 황실 마법사 쪽에 부탁해 준비한 물건이었다.

* * *

모든 일이 다 순조로웠다.

늦은 밤, 그득해진 무기고를 보며 치안대장 스캇은 흐뭇하게 미소 지었다.

"조만간 목표치에 도달하겠군."

"오늘도 고생하셨습니다, 대장님."

곁에서 일을 도와주던 부하가 고개를 푹 숙이자 스캇은 고개를 가볍게 내저었다.

"고생은 무슨. 이게 다 새로운 시대를 여는 데 필요한 것들인데."

그 말에 부하 역시 입가에 옅은 미소를 지었다.

그런 부하의 어깨를 툭, 쳐 준 치안대장은 창고 안에 그득 쌓인 창이며 칼, 검과 군량미를 보며 다시 상념에 빠졌다.

평민의 신분으로 여기까지 올라오는 데 얼마나 고생을 했던가. 자신의 능력을 펼칠 수 없는 현실에 한탄하며 또 좌절하기를 수십 번이었다.

힘들 때마다 신전을 찾고 기도했다.

하지만 삶은 변하지 않았다.

결국 그는 황성에 진출하는 꿈을 포기하고 이런 시골구석의 치안대장으로 남아야만 했다.

'하지만 그것은 옛이야기지.'

뺨을 쓰다듬는 한밤의 차가운 공기가 그에게 용기를 불어넣어 주었다.

이제는 달라질 것이다. 달라져야 한다.

기도 한 번 들어주지 않은 루체에게 평민이나 약자를 굽어살피는 자비, 온정 따위는 없었다.

루체는 자신의 신도들을 방치하고 내버려 두었다. 그러니 사람들이 믿음을 저버리는 것은 당연한 일이었다.

'진정한 보호자를 찾았으니까.'

진정한 신. 어둠에 잠긴 자들을 돌보는 자비로운 구원자.

이 도시의 힘만으로 황실을 엎는 것은 불가능하다. 하지만 시작점 정도야, 얼마든지 될 수 있겠지.

그 뜻만 이룬다면 나머지는 '그분들'께서 알아서 할 것이다.

'그리고 나는 이번에야말로 내 뜻을 펼친다.'

준비는 순조롭게 마무리되어 갔다. 이틀 뒤에는 궐기의 깃발을 올릴 수 있을 터.

그때, 갑자기 뒤가 소란스러워졌다.

스캇이 고개를 돌리자, 어둠에 잠긴 거리 저편에서 부하들이 누군가를 질질 끌고 오는 것이 보였다.

대원들에게 양팔을 잡힌 누군가는 제대로 팔다리를 가누지도 못한 채 질질 끌려오고 있었다.

스캇이 눈을 가느다랗게 뜨자 부하 하나가 급하게 곁으로 달려왔다.

"성문 쪽으로 급하게 접근하길래 잡아 왔습니다."
"여행자는 아니고?"
"예, 아닌 것 같습니다. 아직 어린 청년인데…… 대장님을 만나야 한다고 주장합니다. 어떻게 할까요?"

나를?

스캇이 인상을 찌푸렸다.

"일단 데려와라."

"예!"

명령을 받은 대원들이 그의 앞까지 청년을 질질 끌고 왔다.

"잠깐, 놓으라고! 내 발로 가겠다니까!"

거리가 가까워지자 다급한 목소리가 들려왔다. 두 사람에게 붙잡혀 몸을 제대로 가누지 못하는 것이, 상태가 썩 좋아 보이지는 않았다.

치안대장 앞에 도달한 청년이 고개를 들었다.

샛노란 눈동자가 짜증을 가득 담아낸 채 달빛 아래에 드러났다. 푹, 눌러쓴 후드 아래에서도 청년이 외모가 범상치 않다는 것이 느껴졌다.

치안대장의 얼굴이 더욱 구겨졌다.

'잘생긴 어린 청년이라. 게다가 금색 눈동자.'

'그분'이 떠나기 전 신신당부했던 말이 있었다. 황실 제3기사단 소속의 견습 기사, 은발과 금안을 가진 꼬맹이는 어떻게든 처리해야 한다고.

'설마?'

황실 기사단 정도 되는 실력자가 고작 제 부하들에게 잡혀 올 리 없다는 걸 알면서도 슬그머니 의심이 들었다.

스캇은 청년의 후드를 확 벗겨 버렸다.

어디서나 찾아볼 수 있는 갈색 머리칼이 앞으로 쏟아졌다. 멋을 내어 어깨까지 기른 것 같았지만, 정돈되기는커녕 제멋대로 풀어헤친 상태였다.

"그쪽이 치안대장님이십니까?"

이제야 스무 살이 되었을까 말까 한 청년이 앳된 얼굴로 불안하게 물었다.

애써 두 다리에 힘을 주어 서려고 하는 노력이 눈에 보일 정도였지만, 역시나 제 몸 하나 가누지도 못하는 꼴을 보아하니…… 아무리 봐도 저자에 나가면 흔히 보이는 청년 그 이상도, 이하도 아니었다.

"놔줘라."

스캇의 명령에 눈치를 보던 부하들이 슬쩍 청년을 놓아주었다.

잠깐 비틀거리던 청년이 허리를 꼿꼿이 세우고 자세를 바로잡았다. 하지만 턱까지 들어찬 숨을 어찌할 수는 없는지 한참을 헐떡이다 간신히 입을 열었다.

"하아, 어둠의 신을 모시는 분들이 이곳에 계신다고 들었습니다."

 그 한마디에 치안대장과 대원들이 눈을 크게 떴다.

 "……너, 그 이름을 어디에서 들었지?"

 치안대장이 사납게 으르렁대자 청년이 놀라 양손을 휘휘 내저었다.

 "오해하지 마십시오. 저 역시 체르니온 님을 모시는 몸입니다. 급한 전달 사항이 있어서 여기까지 달려왔습니다."

 체르니온은 요즈음 악신이라는 이름으로 불렸다. 그런 와중에 이놈이 어둠의 신이라는 말을 정확히 꺼낸 것이다.

 스캇은 청년을 유심히 살폈다.

 잘생긴 얼굴에 순박함이 고스란히 묻어나는 인상이었다.

 허리춤에는 검 한 자루가 매달려 있긴 했지만 위협감이라고는 고양이 배설물만큼도 느껴지지 않았고, 체격도 썩 크지 않은 것이 무력 또한 강해 보이지도 않았다.

 '거짓말을 하는 것 같지는 않군.'

 치안대장은 슬그머니 경계심을 내려놓았다.

 그것을 기다렸다는 듯 청년이 급하게 말했다.

 "얼마 전 우리 측 신관님께서 이곳에 머물다 가셨지요."

"신관님?"

"아마 스스로 신관임을 밝히지는 않으셨겠지만, 체르니온 님께 특별한 힘을 받으신 분입니다. 이곳에 머물며 신의 말씀을 설파하셨다고 알고 있습니다."

그렇게 말하는 청년은 초조함을 숨기지 못하고 있었다.

스캇은 얼떨결에 고개를 끄덕였다.

"혹시 어디로 향하셨는지는 아십니까?"

"아니, 모른다. 우리에게도 알리지 않으셨다. ……잠깐, 그건 왜 궁금해하지?"

스캇이 다시 날을 세우자 청년이 빠르게 이야기를 이어 갔다.

"상황이 나빠졌습니다. 간악한 황제의 개, 황실 기사단이 그분의 존재를 눈치채고 추격을 시작했습니다."

"……!"

"이미 그분을 체포하려는 추격대가 꾸려진 상황인데 연락도 제대로 닿지 않아 급히 뒤를 쫓아왔습니다.'

"추격대라고? 어째서지? 말이 새어 나가지 않도록 입단속을 단단히 했는데……!"

"그분이 도시를 떠나고 얼마 지나지 않아 여행객이 한 명 들어오지 않았습니까?"

새하얘진 머릿속에 치안대장은 얼마 전에 도시를 방문한 누군가를 떠올렸다.

단순한 여행객이고, 여관 주인이 함부로 포교를 시도했다가 거절당했다는 보고는 이미 들었다.

그 건으로 여관 주인은 크게 문책을 당했더랬다.

치안대장의 얼굴이 파리하게 질렸다.

"그럼 설마……!"

"그자가 밀고했습니다. 루체 놈의 신상이 파괴된 것을 본 그가 지레 겁먹고 신고한 겁니다."

숨도 쉬지 않고 빠르게 말을 잇던 청년이 갑자기 어지럼증을 느끼는 듯 크게 휘청거렸다.

스캇이 급하게 그의 어깨를 붙잡았다.

"왜 그러나? 부상이라도 입은 건가?"

"아니요, 괜찮습니다. 그저 급하게 이동하느라 좀 지쳐서…… 며칠을 제대로 쉬지 못했습니다."

"그렇다면 우리 집으로 가지. 물이라도 내주겠네."

"감사합니다. 그렇지 않아도 치안대장님께 드릴 말씀이 많으니까요."

악의나 꿍꿍이라고는 전혀 느껴지지 않는 창백한 얼굴로 청년…… 아렌트 폰 에크하르트가 순박하게 웃었다.

2장. 나의 이름은?

나의 이름은?

"……역시 이 새끼는 기사가 아니라 사기꾼이 됐어야 하는 것 아닙니까?"

통신구 너머로 상황을 전해 듣던 아서가 간신히 내뱉은 한 마디였다.

솔직히 처음에는 반신반의했다.

놈은 처음부터 아예 작정을 했는지, 황실 마법사 쪽에 부탁해 평소 소지하던 마정석에 외모를 바꿀 수 있는 환영 마법을 새겨 왔다.

물론 외모를 바꿀 수 있다고는 해도 고작 머리색을 바꾸는 게 다였다. 그것만으로 정체를 완벽하게 숨기는 건 불가능하다고 여긴 그들이었다.

아니, 실제로 불가능할 것이다.

이 미친 짓거리를 하는 장본인이 아렌트 폰 에크하르트가 아니라면.

통신이 연결된 수정구 너머에서 들려오는 순박한 목소리에 소름이 돋을 정도였다.

벌어졌다 하면 표독스러운 독설이나 사람 열받게 하는 못된 말만 쏟아 내는 주둥이에서, 어떻게 저런 유순한 어조가 나올 수 있는지.

리히트가 착잡하게 대꾸했다.

"아니지. 오히려 기사가 되어서 다행인 일이다."

저 신묘한 재주를 공익에 사용할 수 있으니까.

저놈을 사회에 풀어 뒀더라면 분명 사기꾼으로 장성해 해마다 피해자를 수백 명은 양성했을 게 뻔했다.

얼굴을 갈아 끼워 완전히 다른 사람이 되는 것 같은 저 재주는 참 볼 때마다 놀라웠으니.

기사들은 입을 모아 한숨을 푹, 내쉬었다.

매번 유용하게 쓰이긴 했지만 늘 같은 의문이 머릿속을 떠돌았다.

진짜…… 이래도 괜찮나?

이쯤 되면 살갑게 대해 주는 치안대장이 안쓰러울 지경이었다.

편두통을 가라앉히려 미간을 꾹꾹 주무르던 라이오스가 입을 열었다.

"우리도 이제 위치로 가지."
아렌트가 활개 치는 동안, 그들도 할 일이 있었다.

* * *

이번 콘셉트는 '신실하고 무해한 청년'이었다. 모티프는 신전에 몇 번 드나들면서 본 순진하고도 순진한 어린 수행 신관들이었고.

대사는 최근 탐독한 루체 신의 성서에서 참고하는 것으로 충분했다.

예전에 절절하게 기도하는 인물도 여러 번 연기해 봤으니 어려울 것은 없었다.

치안대장의 안내를 받아 들어오는 길에 도시의 모습을 대충 눈으로 훑었다.

파괴되었다는 신상은 커다란 천으로 가려져 있었다.

원래는 외부인이 거의 출입하지 않는 도시라 파손된 그대로 방치해 뒀지만, 데클란이 갑자기 방문한 일 이후로 뒤늦게 수습해 둔 모양이었다.

'그래도 아직은 어느 정도 이성이 남은 것 같군.'

이동하며 품에 통신구와 함께 넣어 둔 영상 기록석을 작동했다.

어수룩하게 주변을 두리번거리고 있자, 곧 자신을 스캇이라고 소개한 치안대장이 따뜻한 차를 가져와 건네 주었다.

"조금 어떤가?"

"괜찮아요. 신경 써 주셔서 감사합니다."

동료들이 봤다면 기겁할 만한 유순한 미소를 지으며 아렌트가 고개를 끄덕였다.

차를 건네준 치안대장은 맞은편에 자리를 잡고 앉아 심각하게 운을 뗐다.

"그래서 지금 상황이 어떻다고? 아, 그러고 보니 자네 이름도 안 물어봤군."

"일단은 렌이라고 불러 주세요. 교단 내에서는 실명을 밝히지 않는 것이 규칙이라."

"그렇군. 어쩐지, 자네가 신관님이라고 했던 그분도 직접 이름을 알려 주진 않으셨어."

스캇이 진지하게 고개를 끄덕였다.

"혹시 그 신관님 외에 다른 분은 만나지 못하셨습니까?"

"다른 분?"

"네, 따로 찾아오신 분이요."

"아, 계셨지. 자세히 듣지는 못했지만 교단에서 아주 높은 위치에 있는 분이라고 들었는데."

잠깐 기억을 더듬던 스캇이 탄성을 터뜨렸다.

"몇 시간 머물다 가신 게 다였지만, 그래도 우리를 위해서 기도해 주셨지. 얼굴을 가리신 탓에 존안은 직접 뵙지 못했지만 목소리가 참 아름다우셨어."

레베카 휘하에 있던 용병들 역시 비슷한 이야기를 했다.

검은 로브로 얼굴과 전신을 가린 채 세례를 내려 주며 자신들을 위해 기도해 주었다고.

"그분의 기도를 직접 들으시다니, 부럽습니다."

"그렇지, 아주 멋진 경험이었어. 그분께서 내 어깨를 짚어 주시는 순간, 한순간이지만 따뜻한 기운이 나를 감싸는 기분이 들었다네."

신나서 떠드는 꼴이, 이제는 딱히 의심할 생각도 안 하는 것 같았다.

적당히 고개를 끄덕여 주며 아렌트는 속으로 머리를 굴렸다.

'따스한 기운이라.'

분명 아티팩트의 효과일 것이다.

므네모시네의 숨결을 사용하는, 정체불명의 신관…… 존재를 확인한 지는 꽤 되었지만 아직 그와 관련된 단서는 미약했다.

어쩌면 쓸 만한 정보를 더 캐낼 수 있을지도 모른다는 생각에 조금 더 캐묻기로 했다.

"세례는 혼자 받으셨습니까?"

"아니, 나와 일을 도와주는 몇몇 부하들이 함께 받았지. 체르니온 님을 섬긴다는 증표라고 하셨어. 자네도 받지 않았는가?"

"부끄럽지만, 저는 아직 어려서요. 때가 되면 내려 주신다고 들었습니다."

치안대장과 부하 몇 명.

적어도 도시 전체가 당한 건 아닌 것 같았다. 하긴, 고작 몇 시간만 머물렀다고 했으니 그럴 여유도 없었겠지만.

수줍게 뺨을 긁적인 아렌트가 자연스럽게 화제를 돌렸다.

"그건 그렇고…… 거사 준비는 잘되어 가시는지요? 상황이 이렇게 되다 보니 조금 걱정입니다."

"준비는 아주 순조로워. 신관님이 말씀해 주신 대로 준비하니 별문제 없이 물자를 모을 수 있었어."

여러 상단에서 물자를 분산해 구입하는 것으로 지금까지 크게 의심 사지 않고 무기며 곡식을 사들인 요령은 그 구울에게 배운 것 같았다.

'어쩐지.'

뒷마무리는 상당히 어설펐지만.

"이야, 굉장해요. 역시 스캇 치안대장님은 유능하시군요."

"이 정도로 무슨. 당연히 내가 해야 할 일이지."

박수까지 두어 번 짝짝 쳐 주자, 이제 치안대장은 어깨가 하늘까지 치솟을 기세였다.

하지만 그것도 잠시, 퍼뜩 정신을 차린 스캇이 다시 심각하게 얼굴을 굳혔다.

"그건 그렇고, 지금 일이 급박하게 됐다고?"

"네, 그렇습니다. 전 제국에 경계령이 내려진 것은 치안대장님도 아시지요?"

"알고 있었지. 공문이 몇 통이나 내려왔으니까."

그런데도 놈의 꾐에 홀라당 넘어갔단 말이었다.

'역시 이게 문제지'

고작 경계령 정도로 경각심을 심는 것은 불가능했다.

반역죄에 준하는 처벌을 내리겠다고 해도 욕심이나 절망 같은 것에 잠식된 녀석들에게 그 말이 제대로 들릴 리 없었다.

'그렇기에 본보기가 필요하고'

원래 흐름대로라면, 이런 녀석은 황성의 대로변에서 처형당하는 것으로 '본보기'로서의 역할을 다할 것이다.

이 이야기는 원래 꿈도 희망도 없는 소설이니까.

하지만 아렌트는 그게 마음에 들지 않았다.

정극은 정극대로의 매력이 있지만, 그게 현실 이야기라면 말이 다르지. 피비린내 나는 세상보다는 우스꽝스러운 전개인 편이 훨씬 좋았다.

"그렇다면 현재 황성 상황을 아십니까?"

"황성? 아니, 하지만 최근 황실 기사단이 체르니온교를 핍박한다는 이야기는 그분, 그러니까 축복을 내려 주신 분께 전해 들었네."

"네, 그렇습니다. 거기에 배신자가 있다는 것 같다고도 하셨겠지요."

이건 빈센트와 블레이크가 말한 것을 응용한 거였다. 그놈들이 말한 배신자란 바로 아렌트 자신이었지만.

그 말에 스캇의 얼굴이 더욱 심각해졌다.

"혹시 그게 황실 기사단의 견습 기사인가? 성물을 세 개나 훔쳐 갔다는."

"잘 알고 계시네요, 치안대장님."

아렌트가 희게 웃으며 고개를 끄덕였다.

성물이라, 묘한 어감이었다.

아티팩트를 그렇게 부르나. 그렇다면 생각보다 놈들의 뼈가 더 아플지도 모르겠다는 생각이 들었다. 루체교로 따지자면 성검과 비슷한 물건을 강탈당한 것과 마찬가지일 테니까.

'경우는 좀 다르지만.'

소설에 따르면, 성검은 신성력의 결정체이며 루체 신과의 직접적인 연결 고리가 되어 준다고 했다.

하지만 스캇이 성물이라고 부르는 아티팩트는 신성력보다는 기능에 치중되어 있었다.

"그놈이 푼 정보 탓에 교단의 핵심 전력이 노출되고 말았습니다. 치안대장님도 아실 테지만, 아직은 놈들과 정면으로 부딪칠 때가 아닙니다."

머리를 열심히 굴리면서도 아렌트는 진지하게 준비한 대사를 이어 갔다.

"이미 교단의 주축이라고 할 수 있는 몇 분이 놈에게 당했고, 이제는 이곳과 여기에 방문하셨던 신관님이 표적이 된 겁니다."

"제길, 역시 입조심을 시켰어야 하는데······!"

"치안대장님은 최선을 다하셨어요. 게다가 이미 준비도 다 끝났다고 하셨고요."

주먹을 불끈 쥐는 치안대장을 달래며 아렌트가 다시 눈초리를 접어 선량한 미소를 지어 보였다.

"추격대가 오기 전까지만 수를 내면 큰일은 벌어지지 않을 겁니다."

"그, 그래. 그 추격대는 언제 도착하는가? 자네는 추격대를 앞질러 온 거지?"

"네, 이르면 내일 늦은 오후나 모레 아침쯤에 도달할 겁니다. 치안대장님이 처신을 잘 해 주셔야 해요."

누가 들을세라 목소리를 잔뜩 낮춘 아렌트가 손가락을

까닥였다. 가까이 다가오라는 뜻이었다.

"사실 도시의 주민들도 모두 믿을 수는 없습니다. 누가 첩자 짓을 하고 있을지 모르는 일이에요."

"그, 그렇지."

꿀꺽.

치안대장이 긴장해 마른침을 삼켰다.

유순한 얼굴 위에 음산함을 덧씌운 아렌트가 조용히 말을 이었다.

"누군가가 황실 기사단에 밀고하면 이 도시는 끝날 거예요. 치안대장님도 물론이고요. 극형을 받으실 겁니다."

"그, 그럼 어찌해야 하는가?"

"대장님은 궐기 준비를 하고 계셨죠? 목표는 어디였어요? 여기에서 황성은 지나치게 멀잖아요."

"영주성으로 직행할 생각이었네."

"영주님을 목표로 하신 거군요."

"그렇지, 황실은 우리 같은 아랫것들의 말은 듣지 않을 테니까. 영주님을 인질로 삼아서 황궁에 요구 사항을 전달할 계획이었지."

"그렇군요."

거참 거창하고도 안일한 작전이었다.

아렌트가 심각하게 고개를 끄덕였다.

"일단 결행은 좀 미루시는 게 좋겠습니다."

"어째서? 지금 당장 출발하는 편이 나은 것 아닌가?"

"그랬다가 추격대와 정면으로 맞부딪치기라도 하면 곤란합니다. 황실 기사단의 정예가 몰려오고 있으니까요. 그들과 싸워 이길 수 있습니까?"

절대로 불가능했다.

중무장한 채 흉흉한 기세를 풍기며 몰려드는 기사단을 상상한 치안대장의 얼굴이 새파랗게 질렸다.

"일단은 아무 일도 없는 척 넘어가는 게 제일입니다. 증거를 인멸해야 합니다. 우선은 루체 신의 신상부터 정리하죠."

"그, 그렇지. 증거를 인멸해야 해. 하지만 어떻게 하면 좋겠나?"

황실 기사단 눈에 띄면 분명 도시 주민 전체가 신성 모독 죄로 문책당할 게 뻔했다.

스캇이 급하게 고개를 끄덕이자 아렌트가 짐짓 고민하는 척 고개를 갸웃했다.

"아무래도 지금 당장 처분할 수는 없을 테니…… 제가 힘을 한번 써 보겠습니다."

"힘을 쓴다고?"

"예, 미욱하지만 저도 체르니온 님께 축복을 받은 몸입니다. 그 정도 잔재주는 부릴 수 있습니다. 혹시 물자를 보관해 둔 곳은 어디입니까?"

"그건 왜?"

"추격대가 수색을 시작하면 무기가 쌓여 있는 것을 보고 수상함을 느낄지도 모릅니다. 그 전에 발견되지 않도록 수를 써야죠."

"그 말인즉……."

멍하니 중얼거리던 치안대장이 확인하듯 물었다.

"자네한테 그걸 숨길 수 있는 능력이 있다고?"

"네, 자랑할 만큼 특출한 힘은 아니지만, 분명 치안대장님께는 도움이 될 겁니다."

청년이 선하게 웃으며 확답을 주었다.

사라졌던 의심이 아주 잠깐, 올라오려고 했으나…… 순박한 눈을 깜빡거리며 이쪽을 바라보는 청년의 눈빛을 보니 순식간에 사그라들었다.

그래, 치안대장 일을 하면서 별별 인간을 다 만나 봤지 않나. 나름 사람 보는 눈은 있다고 자부한다.

어차피 어린애일 뿐이고, 산전수전 다 겪은 자신이 시퍼렇게 두 눈을 뜨고 있는데, 이런 어린놈 하나가 수작질을 부려 봤자 큰일은 나지 않을 테지.

게다가, 체르니온을 모시는 사람들이 신기한 힘을 사용하는 모습은 이미 두 눈으로 확인했다.

저런 사슴 같은 순박한 눈망울을 한 청년이 태연하게 거짓말을 늘어놓고 있는 거라면, 그건 그것대로 세상이 이미 말세라는 뜻일 터.

 잠깐 갈등하던 치안대장은 완전히 마음을 놓아 버렸다.

 지옥의 구렁텅이로 떨어지는 지름길에 발을 들였다는 것을 눈치채지 못한 채.

 그리고 다음 날 아침.

 방심의 대가로, 치안대장은 텅 비어 있는 창고, 그리고 완전히 박살 난 신상과 마주하고 말았다.

* * *

 어안이 벙벙했다.

 활짝 열린 채 텅 빈 속을 자랑하는 창고가 마치 자신을 조롱하는 것 같았다.

 머릿속이 새하얘져 아무런 생각도 나지 않았다.

 '이게…… 어떻게 된 일이지?'

 그 자리에 얼어붙어 꼼짝도 못하는 스캇에게, 급하게 달려온 대원 한 명이 너덜거리는 종이 한 장을 보여 주었다.

 "대장님, 창고 안에 이런 게……."

 "……."

 스캇은 홀린 듯 쪽지를 받아 들어 내용을 읽었다.

잘 털어 갑니다.

일부러 삐뚤빼뚤하게 쓴 글씨에 피가 거꾸로 솟았다.

손에 저절로 힘이 들어가며 종이가 와락, 형편없이 구겨졌다. 모멸감에 온몸이 덜덜 떨리기 시작했다.

"이…… 빌어먹을 애새끼가아아!"

으르렁거리듯 시작된 신음이 결국 고함이 되어 터져 나왔다.

악에 받친 소리가 새파란 하늘을 쩌렁쩌렁 울렸지만 당연히 돌아오는 대답은 없었다.

처음부터 눈치챘어야 하는데.

잠자리에서 일어나니, 하룻밤만 묵게 해 달라던 어린애는 온데간데없이 사라져 있었다.

돈과 귀중품을 넣어 둔 서랍도 땡전 하나 남기지 않고 싹 다 비워졌고, 곱게 모셔 둔 무기와 검들도 자취를 감춘 뒤였다.

뭔가 잘못되었다는 감각이 강하게 뒤통수를 한 대 치고 지나가며, 어제 애송이 놈에게 창고 위치를 알려 줬던 것을 떠올린 스캇은 옷도 채 갈아입지 못하고 부랴부랴 이곳으로 달려온 참인데.

그렇게…… 스캇은 텅 비어 버린 창고를 맞이하고야 말았다.

"보초를 서던 놈들은 다 뭘 한 거냐!"

"기습당해서 의식을 잃은 것 같습니다. 아직 정신을 못 차리고 있습니다."

"젠장!"

말도 안 되는 일이었다.

한 명이 치안대 몇 명을 기절시킨 뒤, 누구에게도 들키지 않고 그 많던 물자를 흔적도 없이, 모조리 다 옮겼다고?

"말도 안 돼……."

치안대를 제압하는 것은 그렇다 치더라도, 물건들을 죄다 옮기는 것은 마법이라도 부리지 않는 이상 물리적으로 불가능하단 말이다.

분명 한패가 숨어든 게 뻔했다.

그때, 광장 쪽에서 한 수하가 요란스럽게 달려왔다.

"대장님! 크, 큰일 났습니다!"

"또 뭐야?"

"그, 성문 쪽에…… 황실 기사단이……!"

숨을 헐떡이며 가까스로 뱉어 낸 말에 스캇의 얼굴이 백지장처럼 질려 버렸다.

"기사단이라니, 몇 명이나? 추격대가 온 거냐?"

"아니요, 추격대는 아닌 듯한 것이…… 고작 셋뿐입니다."

하지만 우물쭈물하는 부하가 내어놓은 답은 뜻밖이었다.

"세 명이라고? 선발대인가?"

"일단은 입구에서 핑계를 대 가며 막고는 있습니다만······."

시간 끌기도 오래가지는 못할 것이다.

치안대 따위에게는 황실 기사단을 막을 권한도, 힘도 없다. 게다가 지금은 항전할 무기도 모조리 잃어버린 뒤였다.

이제 스캇은 거의 제정신이 아니었다.

하지만 고민할 시간은 길지 않았다.

큰길 저편에서 쩌렁쩌렁한 외침이 터져 나온 것이다.

"길을 비켜라! 황실 기사단이다!"

"뭐라고?"

미처 반응할 틈도 없었다. 길 저편에서 기사들이 말을 몰고 이쪽으로 달려오는 것이 벌써부터 보이기 시작한 것이다.

"젠장, 어쩌지? 머저리같이 서 있지 말고 뭐라 말 좀 해 봐!"

"예? 하지만 뾰족한 수가······."

갑자기 불똥을 맞은 수하가 당황해 대꾸했다.

이대로 발각된다면 극형을 피할 수 없을 것이다.

초조함과 공포심이 극에 달했다. 하지만 도망칠 수도 없는 상황이었다.

순식간에 다가온 기사들이 말을 멈추더니 지면에 사뿐히 내려섰다.

과연 황실 기사단인지 선 자세에서 느껴지는 기백부터 보통이 아니었다.

저도 모르게 몸을 긴장시키려는 찰나, 가장 젊은 기사가 앞으로 나섰다.

"자네가 치안대장인가?"

꿀꺽.

절로 마른침이 넘어갔다.

젊은 기사의 날 선 눈빛이 금방이라도 자신을 찔러 죽일 것 같았다.

"그, 그렇습니다. 치안대장 스캇입니다. 존안을 뵙게 되어……."

"됐고, 바쁘니 일단 용건만 말하지. 혹시 수상한 자들이 이 도시를 방문하지 않았나?"

망연한 와중에 입술만 달싹이던 스캇의 말을 뚝 자른 젊은 기사가 차갑게 물었다.

뜻밖의 이야기에 스캇이 눈을 휘둥그레 떴다.

"예? 수상한 자 말씀이십니까?"

체르니온교를 받아들였다는 밀고를 받고 찾아온 게 아니었던가.

"어젯밤에 젊은 녀석 하나가 이 도시에 오지 않았냐고.

우리는 그놈을 추적 중이다."

 젊은 녀석이라면 스스로를 체르니온교 신도라고 밝힌 그 청년임이 틀림없었다.

 넋이 나간 스캇이 입을 뻥긋거리자 기사, 아서가 쯧 혀를 찼다.

 "얼이 빠졌군. 설마 이미 당한 건가."

 "당, 당하다니. 무슨 말씀이십니까?"

 "최근 악신교 경계령이 내려진 것은 알고 있겠지."

 모른다고 말할 수 없어 고개를 끄덕였다.

 아무래도 정상적인 의사소통이 힘들 것 같다고 판단했는지, 짧게 한숨을 내쉰 아서가 차근차근 설명을 시작했다.

 "최근 악신교를 사칭하며 금품을 갈취하는 신종 사기단이 성행하고 있다."

 "사기…… 말씀이십니까?"

 "세 명이 한 조로 움직이는데, 한 명은 악신의 이름을 대면서 신의 말씀을 설파하겠다며 사람들을 선동하고, 마구잡이로 물건을 사들이게 만든다."

 선동, 물건 구매.

 유난히 선명히 들리는 두 단어가 귀에 꽂혀 들며 등줄기에 식은땀이 흘러내렸다.

 "아니, 잠깐. 그럴 리가……."

 "그다음에 동료가 한 명 합류해 세례를 내려 준다고 말하면서 상황을 살핀 뒤, 일이 충분히 진행됐다고 판단되면 먼저 왔던 녀석에게 철수 명령을 내린다더군."

"……."

"전신을 가리고 있어서 생김새는 물론이고 성별은 전혀 알 수 없어. 그자가 방문한 뒤, 곧 바람잡이 역을 하던 녀석은 마을을 떠나 버려. 그리고 마지막으로 나타나는 게 방금 말한 청년인데."

스캇은 이미 영혼이 빠져나간 듯 창백한 얼굴로 멍하니 허공을 응시하기만 했다. 그래서 다행인지 불행인지, 말을 잘 이어 가던 아서가 한순간 표정 관리에 실패해 얼굴을 와락, 찌푸리는 것을 미처 보지 못했다.

"금색 눈에 유난히 잘…… 생긴 얼굴, 이고 조금 긴 머리에 아직 어린 티가 나는 남자. 그 녀석이 돈과 금품, 그리고 사들인 물건을 모조리 훔쳐 달아나는 식인데…… 하아, 혹시 본 적 없나?"

사실 아서는 지금 격렬한 양심의 가책에 시달리는 중이었다. 스캇은 스캇대로 얼이 빠진 채 금방이라도 턱이 빠질 것처럼 입을 쩍 벌린 채였고.

그 청년이라는 녀석은 당연히 아렌트였으며 몇 시간 전 새벽, 아서는 그 잘생긴 녀석을 도와 창고의 물건을 모조리 바깥으로 빼돌린 참이었다.

대단한 기술도 속임수도 없었다.

그냥 들어가서 기척을 숨기고 몰래 도둑질했을 뿐.

치안대 따위는 상대도 아니었다. 그 많은 물자를 들키지 않고 옮기는 것도 힘들긴 했으나, 못 할 일도 아니었고.

물량이 물량이라 단둘이 옮기다가 허리가 나갈 뻔했지만, 명색이 황실 기사단이니까.

'그게 문제지, 그게.'

그래도 기사인데, 진짜 이래도 되는 걸까.

곡식과 무기를 한아름 껴안고 살금살금 도시를 빠져나가던 때부터 극렬한 자괴감에 휩싸인 상태였다. 아렌트에게 속수무책으로 휘말리는 것도 언제부턴가 익숙해져 가는 패턴이었지만, 어떻게 이리 매번 새로운지.

눈앞에 있는 건 반란을 준비하던 얼간이였지만, 죄책감이 드는 건 어쩔 수 없었다.

아서가 격렬한 감정 변화에 휩싸이던 사이, 치안대장 옆에서 마찬가지로 얼어붙어 있던 대원이 입술을 달싹였다.

"자, 잠깐만요. 사기라니, 하지만······."

혼란스러워하는 목소리에 아서가 퍼뜩 정신을 차렸다.

"역시 이미 다녀간 것 같군. 신의 기적이라면서 묘기를 보여 줬다던데, 맞나?"

"······."

짚이는 구석이 있는지 모두가 입을 꾹 다물었다.

아서가 쯧, 혀를 찼다.

"그런 것쯤이야 마력을 어느 정도 다룰 줄 안다면 눈속임으로 얼버무릴 수 있어. 꼴을 보아하니 이미 다 털린 것 같구만."

"……."

"그러고 보니 신상이 파괴되었단 신고가 들어온 게 이곳이었던가."

하지만 아서는 제 할 바 역할을 충실히 다했다.

왜 자신이 이런 짓을 해야 하는지, 존재론적 의문은 가득했지만 그럼에도 다른 선택지는 없었다.

이유는 딱 두 가지였다.

아렌트가 제시한 방법이 아니면 사실상 다른 방도는 존재하지 않았고, 또 하필 같이 온 사람이 이럴 때는 전혀 의지되지 않는 두 사람인 탓이었다.

그런 진상도 알지 못하고, 겁에 질린 치안대장과 수하들은 새파랗게 질린 채 서로 눈치만 볼 뿐이었다.

"그 애송이와 두 사람을 봤나? 이곳에서 무슨 일이 벌어졌는지, 소상히 보고하도록."

호흡을 가라앉힌 아서가 은근한 살기를 흘렸다.

"추가하자면, 사기 당했든 뭐든 간에, 너희들이 저지른 일은 그냥 넘어가기 힘든 게 사실이다. 그러니, 지금이 마지막 기회라는 걸 알아야 해. 혹시 알아? 너그럽게 넘어갈 수 있을지도."

말 그대로였다. 지금이라면 사기극의 피해자 노릇을 할 수 있었다. 반역자가 아니라.

'제길……'

언제부터 잘못되었을까.

그들이 진짜 사기꾼이든, 아니면 정말로 새로운 신의 이름을 설파하려는 이들이었든 결과는 마찬가지였다.

지금 당장 제 생사여탈권을 쥔 것은 그 어느 쪽 신도 아니었다.

눈앞의 기사들이 허리춤에 찬 검이지.

서슬 퍼런 검 앞에서 자신을 구해 주지 못할 신이라면, 빛이든 어둠이든 필요 없었다.

결국 치안대장이 자포자기하고 고개를 푹 떨구자, 뒤에서 꿔다 놓은 보릿자루처럼 서 있던 리히트와 라이오스가 안도의 한숨을 내쉬었다.

그 두 사람에게 곱지 않은 시선을 보낸 아서는 마지막 대사를 내뱉었다.

"사람들을 모아. 그리고 먼저 온 놈들과 접촉한 녀석들을 따로 불러내. 들을 이야기가 있으니까."

* * *

성문 밖에는 버려진 창고가 하나 있는데, 그곳이 이번

작전의 토대가 된 은신처였다.

"거 봐요. 내가 먹힌다고 했지?"

너덜너덜해진 마음을 부여잡고 은신처로 돌아오니, 곡식 자루를 소파처럼 만들어 놓고 그 위에 반쯤 드러누운 아렌트가 과자를 냠냠대고 있었다.

그 꼴을 보고도 차마 쓴소리가 나오지 않았다.

결과만 보자면 완벽했고, 모든 게 다 놈이 만든 시나리오대로 흘러갔으니까.

도시의 중진들을 광장에 소집한 뒤, 라이오스가 직접 나서 자신이 기사단장임을 밝힌 뒤 자초지종…… 그러니까, 아렌트가 만들어 낸 이 사건의 진상을 까발렸다.

궐기하자며 물자를 구입하게 한 뒤 그것을 통째로 빼돌린 것은 자금 세탁이며, 놈들이 신의 기적이라고 보여 준 것은 조악한 마법에 불과하다.

빈틈없는 설명에, 또 자신들을 반란 미수범이 아니라 사기 피해자로 대하는 기사들의 태도에, 처음에는 긴가민가하던 사람들도 귀를 기울이기 시작했다.

지금까지 열심히 모아 둔 물자가 고스란히 털린 상황이었다.

게다가 조금이라도 비협조적으로 나온다면 당장 수도의 신전이 쳐들어와 신성 모독죄를 물을 것이지만, 황실 기사단의 수사에 도움을 준다면 이번 일은 불문으로 넘어가 주겠다…… 라는 절묘한 채찍과 당근이 눈앞에서 휘둘러지는데 고개를 끄덕일 수밖에 없기도 했고.

구울, 그리고 므네모시네의 숨결을 가진 정체불명의 교도는, 아렌트의 세 치 혀와 단순무식한 작전 덕에 단순한 사기꾼으로 전락하고 말았다.

앞뒤를 따지자면 사기꾼에 도둑놈은 기사단 쪽이지만.

사실 기사들은 이 점에도 불평할 수 없었다.

리히트가 끙, 앓는 소리를 냈다.

"네 말대로…… 아티팩트의 암시가 깨졌으니, 뒤는 걱정하지 않아도 될 것 같다."

신앙에 금이 가는 순간, 퍽 하고 무언가 깨지는 소리가 들리더니 세뇌당한 이들의 몸에서 희미한 마력이 빠져나갔다.

당한 본인들은 눈치채지 못했지만 기사들은 똑똑히 느낄 수 있었다.

므네모시네의 숨결이 신앙에 근거한다는 아렌트의 가설이 맞아떨어진 셈이었다.

짙은 허탈감에 저마다 이마를 짚고 한숨을 푹푹 내쉬는 선배들과 단장을 힐끗 본 아렌트가 혀를 쯧쯧 차며 몸을 일으켰다.

"여튼, 그렇게 됐다, 스캇. 처음 보는 사람 쉽게 믿는 거 아냐."

그 말을 받은 상대는 기사들과 함께 여기까지 동행한 치안대장이었다.

자신이 애지중지 모은 물자들을 베개 삼아 노닥거리는 아렌트를 본 스캇은, 더 이상 빠져나갈 혼도 없는 것 같았다.

한 번 보면 잊어버리기도 힘든 잘생긴 얼굴은 분명 어젯밤, 순박하게 웃던 그 청년과 같은 사람의 것이었다.

하지만 그 행동거지, 말투, 심지어는 분위기조차 어젯밤의 흔적은 찾아볼 수 없었다.

피식, 웃음을 터뜨린 아렌트가 치안대장의 어깨를 툭, 두드려 주었다.

"내 이름 궁금했지? 아렌트 폰 에크하르트라고 하는데. 들어 본 적 있어?"

"끄응……."

연이어진 충격을 견디지 못한 스캇은 결국 졸도해 뒤로 넘어가고 말았다.

* * *

스캇이 가까스로 정신을 차렸을 때는 완벽하게 상황이 종료된 후였다.

아렌트가 치안대장을 상대로 열연을 펼치는 사이, 기사

들은 가까운 도시의 치안대와 영주에게 연락을 돌려 지원을 요청했다.

혹여나 반역죄를 뒤집어쓸까 초조해진 영주는 부리나케 병사들을 꾸려 이쪽으로 달려왔고, 영주와 치안대가 뒷정리에 힘쓰는 동안 기사들은 아렌트와 아서가 훔친 물건들을 돌려주었다.

군량미로 모은 곡식은 그대로 가져다 놓고, 혹시 모를 사태에 대비해 무기는 돈으로 환산해 전달했다. 갈색 머리에 금색 눈을 가진 사기꾼을 무사히 체포했다는 전언은 덤이었다.

완전히 파손된 신상은 신전 측에서 회수하기로 했다.

기사들은 의외로 신상을 완벽하게 파괴해야 한다는 아렌트의 주장에 크게 반대하지 않았다.

낙서가 빼곡하게 새겨지고 모욕당한 채로 내버려 두느니 아예 가루를 내 버리는 것이 낫다고 판단한 것이다.

덕분에 아렌트는 큰 방해 없이 거대한 신상을 박살 낼 수 있었다.

목적은 좀 달랐지만.

신상을 그대로 내버려 뒀다면, 사기 사건의 피해자라는 입장과는 별개로 신성 모독죄는 피해 갈 수 없었을 것이다.

하지만 신상을 부순 게 사기꾼 놈이라면 이야기는 달랐다.

덕분에 가상의 사기꾼이 체포되었다는 것으로 신성 모독 건도 더 이상 말이 나올 건덕지가 없어졌다.
 수습하러 달려온 영주와 기사들, 심지어는 피해자들까지 모두 대형 사기 사건이라고 여기는 중에 유일하게 모든 진상을 알게 된 사람은 치안대장, 스캇뿐이었다.
 스캇은 여전히 창고 바닥에 주저앉은 채 넋을 놓고 있었다. 기절했다가 깨어나도 충격이 가시지 않은 모양이었다.
 "그래도 기억에는 문제가 없어 보이니까 다행이네요."
 "너는 피도 눈물도 없냐? 저 꼴을 보고도 다행이라는 소리가 나와?"
 아서가 질색하자 아렌트는 손을 휘휘 내저었다.
 "머저리가 자기 바보짓에 업보 청산하는 건 당연한 일인데요, 뭐. 자기가 뭔 짓을 했는지도 기억 못 하면 갈궈도 보람이 없잖아요. 안 그래, 아저씨?"
 "……."
 자신의 나이 반도 안 되는 어린 청년이 발로 툭툭 쳐대도, 스캇은 무릎을 꿇은 채 바닥만 노려볼 뿐이었다.
 당연했다.
 깜냥도 안 되면서 반역을 준비하다, 뒤통수를 한 대 세게 후려 맞고 제정신을 차렸더니 다시 호랑이 굴 앞에 놓이게 생겼으니까.

나의 이름은? ⟨107⟩

게다가…… 지금 아렌트의 손에는 스캇과 아렌트가 나눈 대화가 고스란히 담긴 영상 기록석이 승리의 상징물처럼 쥐여져 있었다.

 만에 하나라도 저게 황실에 넘어가면 스캇은 바로 죽은 목숨이었다.

 "운 좋은 줄 알아. 나 아니었으면 당신 때문에 온 도시 사람들이 전부 다 사형당할 뻔했으니까."

 "……."

 "어쭈, 대답 안 해?"

 "감…… 사합니다."

 보기에도 안쓰러울 정도로 창백하게 질린 치안대장이 간신히 대답했다.

 그 꼴을 보니 아티팩트의 효과는 완전히 사라졌다고 봐도 무방할 듯했다.

 리히트가 짧게 한숨을 내쉬었다.

 "이번에야 어떻게든 해결했다지만, 매번 이런 짓을 벌일 수는 없는 일이다."

 "맞아요. 그래도 사기꾼이 돌아다닌다는 소문은 금세 퍼질 테니, 어느 정도 예방 효과는 있겠죠."

 공포심을 심어 주는 것보다는 웃음거리로 만들어 버리는 쪽이 훨씬 나았다. 공포는 이따금 경외를 가져오지만, 비웃음을 사는 쪽은 조롱당할 뿐이니까.

"당분간 영지의 기사들이 도시를 관리하도록 했다. 혹시라도 놈들이 보복에 나설 수도 있으니."

"그럼 이쪽은 이제 됐고…… 아저씨, 그 사기꾼 놈 어디 갔는지 진짜 몰라?"

"사기꾼은 기사님……."

"뭐?"

"아닙니다! 실언했습니다!"

무심코 중얼거리던 스캇이 바닥에 머리를 쾅, 처박았.

누가 봐도 아렌트가 악당처럼 보이는 상황에 기사들은 조금 더 떨떠름해졌다.

"아는 거 전부 다 불어. 무슨 개소리로 당신네를 넘어오게 만든 건지, 인상착의는 어땠는지, 하다못해 밥은 뭘 처먹었는지라도 말해."

"예, 예!"

황급히 고개를 끄덕인 스캇이 횡설수설 말을 늘어놓기 시작했다.

"그분…… 아니, 아니, 죄송합니다, 실언했습니다. 그 자가 나타난 건 두어 달 전이었습니다. 어느 날 갑자기 여행자라며 마을 여관에 묵더니, 사람들 틈에 섞여 들었습니다."

"계속해."

"흉터가 많아서, 처음에는 용병이라고 여겼습니다. 생

각해 보면 싸움터를 드나드는 용병이라고 쳐도 상처가 지나치게 많긴 했지만…… 그래도 서글서글하게 잘 웃으며 주민들과 잘 어울렸습니다."

가끔 도시 밖으로 나가 짐승이나 몬스터를 잡아 치안대장에게 선물하기까지 했다.

그렇게 천천히 사람들의 환심을 산 그는 어느 날, 치안대장을 불러 진지하게 대화를 시작했다.

"이 나라가 정상이라고 생각하느냐, 그렇게 묻더군요."

시선을 바닥으로 내리깐 스캇이 웅얼거렸다.

"술도 한잔 들어갔고, 그만 멍청한 소리를 하고 말았습니다. 평민 출신이라 출세도 하지 못했고, 제게도 꿈이 있었는데…… 그런 대화를 나누다 보니 체르니온이라는 이름을 듣게 됐습니다."

"그래서?"

"당연히 놀랐습니다. 황실에서 뿌리 뽑으려는 세력이라는 걸 알고 있었으니까요. 하지만 여관 주인이 나타나서 함께 저를 설득하더군요."

그렇지 않아도 형편이 썩 좋다고 말할 수 없는 도시였다. 농사를 짓기에는 땅이 척박하고, 여행객이 자주 드나드는 곳도 아니고, 유별난 특산품도 없었다.

배를 주릴 정도는 아니었지만, 흙먼지 날리는 지역에서 강한 노동을 해야만 먹고살 수 있었다.

"세상은 불합리하다. 하지만 체르니온 님이 사회 질서를 다시 바로잡을 거라고. 체르니온 님은 어둠 속에서 빛을 보지 못하는 약자들을 돌보는 분이라며…… 그 말에 넘어갔습니다."

스캇은 자포자기했는지 힘 빠진 목소리로 말을 이었다.

"그 뒤는 아시는 대로, 그분을 따르기 시작했습니다. 주민들도 대부분 빠르게 넘어오더군요. 다 같이 돈을 걷어서 무기와 곡식을 사 모았습니다."

"그자가 떠난 건 언젠데?"

"저와 몇몇 부하들에게 세례를 내려 준 사람이 다녀간 뒤 얼마 되지 않아서였습니다. 어디로 향했는지는 정말로 모릅니다."

기사들이 아는 것과 크게 어긋나는 정보는 없었다.

끙, 앓는 소리를 낸 아서가 벅벅 머리를 긁었다.

"고작 그 정도로 도시 전체가 쉽게 넘어간단 말이야?"

"인간의 마음이란 게 그렇다. 한없이 강하면서도, 한없이 약하지."

신실한 신자인 리히트가 고개를 주억거리며 말을 보탰다.

견습 기사는 딱 하나 있는 의자에 걸터앉은 채 팔짱을 끼고 고민에 잠긴 채였다.

스캇은 그를 힐끔대며 눈치만 살피고 있었고.

아렌트의 미간이 살짝 찌푸려졌다.

'뒤에 누가 있는 거지?'

슈타들러 백작을 대신하는 또 다른 연구자, 그리고 드래곤. 범상치 않은 변수들이 자꾸만 나타나는 게 영 신경에 거슬렸다.

꿈도 희망도 없는 전개를 혼신의 즉흥극으로 하나씩 바꿔 나가고 있으니 시나리오가 뒤틀리는 건 어쩔 수 없었다.

하지만 대본에 없던 설정들이 여기저기서 튀어나오는 건 배우로서 영 달갑잖은 일이었다.

"다른 이야기는 더 없어?"

"없습니다! 정말입니다!"

"좋은 말할 때 불어라. 기억의 마지막 한 방울이라도 짜내. 내가 뭐 때문에 그 개고생을 했는데."

반쯤 울음을 터뜨리기 직전이 된 스캇이 급하게 외쳤다.

"이, 이름! 맞다! 생각났습니다!"

"뭐? 처음에는 모른다고 얘기했잖아."

"직접 들은 것은 아닙니다. 하지만 그, 세례를 주러 오셨던 그분…… 그 사람이 그자를 부르는 건 들었습니다."

어떻게든 기억을 쥐어짜 낸 모양이었다.

아렌트가 고개를 까닥였다.

"크, 크로우라고 불렀습니다. 두 사람이 대화하는 걸 조금 들었어요."

"크로우?"

기억에 없는 것을 보니 성검의 푸른 기사에서도 언급되지 않은 것 같았다.

"쯧."

이제는 완전히 넋이 나간 치안대장을 한 번 흘겨본 아렌트는 짧게 한숨을 내쉬곤 자리에서 벌떡 일어났다. 더 이상 갈궈 봤자 뭐가 나올 것 같지는 않았으니까.

역시나 다른 의미로 해탈한 아서가 물었다.

"됐어?"

"네, 출발하죠. 시간 낭비는 이 정도면 충분한 것 같으니까."

"예? 가, 가십니까?"

멍하니 있던 스캇이 화들짝 놀라 묻자 아렌트가 씨이익, 입가에 미소를 베어 물며 물었다.

"도망친 놈 잡아야지. 왜, 아쉬워? 나랑 좀 더 오붓한 시간을 보내고 싶어서 그래?"

"아니, 아닙니다! 그게 아니라! 그자를 뒤쫓는다고 하셔도……."

스캇이 말을 얼버무렸다.

크로우가 어디로 사라졌는지는 아무도 모르는데, 당장

나의 이름은? 〈113〉

출발해서 어디로 가겠다는 건지 감이 안 잡힌 탓이었다.

그의 생각을 읽어 낸 아렌트가 쯧, 혀를 찼다.

"누굴 바보로 아나."

"예?"

"황실 기사단이 고지식해서 엉덩이가 무겁긴 하지만 그렇게 무능하지는 않다고."

이미 다이아나와 켄드릭에게서 놈의 흔적을 찾아냈다는 연락을 받았다. 훨씬 먼저 움직인 데클란보다도 빠른 성과였다.

"엉덩이가 무겁단 말은 빼라."

"고지식하다는 건 이제 부정 안 하시네요."

"……."

괜히 한마디 얹었다가 본전도 못 찾은 리히트는 그냥 입을 꾹 다물었다.

라이오스 또한 짧게 한숨을 내쉬고 스캇에게 다가갔다.

"곤욕은 충분히 치렀으니 따로 처벌은 않겠다. 저 녀석이 빼돌린 금품도 모두 자네 집에 가져다 놓았지만, 혹시 뭐가 빠졌다면 황실 기사단에 연락해라. 보상해 줄 테니."

"예……."

"그리고."

얼떨떨하게 고개를 끄덕이는 스캇에게, 라이오스가 마

지막으로 경고를 남겼다.

"영상 기록석은 증거물 중 하나로 따로 보관할 예정이다. 다음번은 없으니, 신중히 처신하도록."

"……."

육중한 무게감이 실린 한마디에 치안대장은 그대로 얼어붙어 버렸다.

가라앉은 눈으로 한동안 그를 응시하던 라이오스가 등을 돌렸다.

"이동하자."

"예!"

아서와 리히트가 절도 있게 대답하고, 주머니에 손을 푹 찔러 넣은 아렌트도 느긋하게 움직였다.

* * *

아직 크로우는 다음 정착지를 정하지 못한 상태였다.

사람이 많은 식당에 앉아 고기를 씹으며, 바글대는 인파를 면밀히 살폈다.

'여기도 아니군.'

주민이 너무 많은 지역에서 적극적으로 활동하기는 힘들었다. 실패 위험이 너무 높은 데다가, 최근에는 경계령 때문에 사람들의 경계도 심한 탓이었다.

게다가, 제3기사단의 라이오스 드 윈프리드를 필두로 한 황실 기사단의 활약상이 제국에 퍼져 나가며 체르니온교를 적대하는 분위기가 조성되고 있었다.

'간악한 놈들'

뿌득, 저절로 이 갈리는 소리가 새어 나왔다.

자신이 머물렀던 도시가 어떻게 되었는지는 익히 들었다.

일은 틀어졌고, 함께 기도하던 사람들은 모두 체르니온을 사기꾼에 도둑이라며 욕한다지.

'심지어는 그분의 축복마저도 소용없었다니.'

체르니온의 이름은 그자들의 소행에 또 더럽혀지고 말았다.

이건 황실 기사단의 일 처리 방식과는 크게 달랐다. 루체 신전의 소행은 더더욱 아니었다.

그 일을 주도한 건 분명, 황실 기사단의 골칫덩이…… 황실 제3기사단의 견습 기사일 것이다.

아렌트 폰 에크하르크.

그 이름은 이제 교단 내에서는 저주와도 같았다.

답답한 마음에 눈을 천천히 감았다가 떴다.

바로 그때, 바로 앞에서 인기척이 느껴졌다.

"잠깐 합석 괜찮겠나?"

어느새 식당이 만석이 됐는지, 거칠고 낡은 로브를 뒤

집어쓴 청년 하나가 제멋대로 그의 맞은편에 걸터앉았다.
 물론 고작 이 정도로 표정을 무너트리진 않는다.
 살짝 미소를 드리우며 고개를 끄덕였다.
 "물론입니다."
 "감사."
 전혀 감사함이 느껴지지 않는 어조로 툭 내뱉은 청년 앞에 종업원이 술을 가져다 주었다.
 제 몫의 술을 단번에 비워 버린 청년이 쾅, 소리 나게 잔을 내려놓았다.
 "요즘 세상이 너무 흉흉하다니까."
 "저도 그렇게 생각합니다. 나쁜 일이 끊이지 않는군요."
 담담하게 대답한 크로우 역시 술로 목을 축였다.
 두 사람의 시선이 마주쳤다.
 "……."
 청년은 미소 지은 입매와는 달리 차갑게 가라앉은 눈으로 이쪽을 가만히 응시하고 있었다. 얼굴을 가린 로브 아래에서 황금색 눈동자가 반짝였다.
 잔을 가만히 내려놓은 크로우가 짧게 내뱉었다.
 "정체를 숨길 생각도 없는 모양입니다."
 "아무래도 그렇지."
 이 상황이 그저 재미있다는 듯, 가벼운 대답이 돌아왔

다. 그와 동시에, 섬광처럼 번뜩인 단도가 청년을 향해 날아들었다.

콰득!

방금까지 청년의 손이 있던 테이블 위에 검날이 꽂혀 들고, 크로우는 곧장 다음 무기를 꺼내 공격을 감행했다.

아슬아슬하게 스쳐 간 검이 청년의 후드를 찢어 놓았다.

훌쩍 뒤로 물러난 지나치게 잘생긴 청년은 미련 없이 로브를 벗어 던져 버렸다. 유난히도 반짝이는 은발이 식당의 흐릿한 불빛 아래에 드러냈다.

"안녕? 사기꾼."

샐쭉하니 웃는 얼굴이 마치 조롱하는 것 같았다.

* * *

갑작스러운 상황에 손님들이 비명을 지르며 사방팔방 도망치기 시작했다. 방금까지 열심히 음식을 나르던 종업원들도 접시를 던지고 혼비백산해 달아났다.

식당에 남은 사람은 이제 아렌트와 크로우, 단둘뿐이었다.

"사기꾼이라. 사기꾼은 내가 아니라 그쪽 아니었습니까? 아렌트 폰 에크하르트 경."

"사이비한테 그런 말도 듣고, 영광이네."

툭툭, 옷을 털어 낸 아렌트가 슬쩍 입꼬리를 비틀었다.

더 이상의 대화는 무의미했다.

크로우는 테이블에 박힌 단도를 빼내고 나머지 한 손으로 쥔 검에 새카만 검기를 일으켰다.

"……!"

처음 보는 형태의 검기에 아렌트의 얼굴이 설핏 굳었다. 하지만 여유 부릴 틈은 얼마 없었다. 크로우가 바닥을 박차고 쇄도해 온 탓이었다.

카아앙!

새하얀 서리가 앉은 검과 새카만 안개를 두른 검이 정면으로 부딪혔다가 서로를 튕겨 냈다.

아렌트는 곧장 중심을 잡고 몸을 비틀어 적의 몸통을 향해 크게 검을 베었다. 하지만 그 공격 역시 쉽게 막혀 버렸다.

'미완성이던 그 구울도 기사들과 호각을 이뤘다고 했나.'

완성품인 만큼, 이자는 상상 이상의 힘을 지니고 있는 듯했다.

크로우는 제 검의 표면에 내려앉은 얼음을 보고는 얼굴을 와락 구겼다.

"감히 신물을 이용해서 우리 교단에 검을 겨누다니."

"원래 줍는 사람이 임자야. 이 녀석도 나한테 쓰이는 쪽이 훨씬 기쁠걸."

마력을 좀 더 강하게 운용하자 강한 냉기가 아렌트를 휘감고, 차갑게 식은 황금색 눈동자에도 노골적인 비웃음이 드리웠다.

"아니면, 그 잘난 신물의 성능을 그 누더기 몸으로 직접 확인해 보는 게 어때?"

"……."

뿌득.

깊게 뒤집어쓴 로브 아래에서 이 갈리는 소리가 들려오더니, 다시금 크로우가 거칠게 덤벼들어 왔다.

아렌트는 몸을 확 숙이는 것으로 공격을 피해 내고는 손에 걸리는 의자를 집어 던졌다.

날아드는 의자를 반사적으로 베어 낸 크로우는 제 실수를 깨닫고 급히 주변을 둘러보았다. 한순간 아렌트를 시야에서 놓쳐 버린 것이다.

"……!"

다음 공격이 날아든 것은 등 뒤였다.

급하게 공격을 쳐 내는 것에는 성공했지만, 미처 검기를 두르지 못한 탓에 단도가 순식간에 새하얀 얼음에 뒤덮였다.

서늘한 냉기가 엄습했다.

이대로라면 팔까지 얼어붙을 것이라는 본능적인 위기감에 단도를 던져 버렸다. 바닥에 버려진 단도는 냉기를 버티지 못해 그대로 부스러졌다.

크로우는 경악해 아렌트를 보았다.

이 몸을 부여받은 후로는 어지간하면 전투에서 밀릴 일은 없을 거라고 여겼는데, 밀렸다?

그것도 고작 저런 어린, 견습 기사에게?

어린 기사의 입술 주변으로 계절과 어울리지 않는 새하얀 김이 피어났다.

경악한 광신도와 눈을 마주친 아렌트가 피식 비웃음을 흘렸다.

"왜, 너무 잘생겨서 당황했어?"

"뭐?"

뜬금없는 헛소리에 당황한 것도 잠시, 크로우는 자신을 향해 바닥을 박차는 아렌트를 급하게 막아서야만 했다.

서로 생명을 노리며 싸우는 상황에도 놈은 전혀 동요하거나 긴장하는 기색이 없었다.

고작 어린 기사가 보일 수 있는 침착함이 아니었다.

아무런 감정도 느껴지지 않는 황금색 눈동자를 마주하자니 마음 한편이 섬뜩해질 지경이었다.

놈은 자신을 반드시 죽여야 할 적으로 대하는 것이 아니라, 실험대 위에 올라간 신기한 벌레쯤으로 취급하고 있었다.

한 가지만큼은 확실했다.

아렌트 폰 에크하르트는 이 육체를 부여받은 자신조차 온전히 감당하기 힘든 강자라는 것.

'제길.'

물론, 목숨을 건다면 어찌어찌 길동무로 삼는 것쯤은 가능할 것이다.

체르니온을 위해서 목숨을 바치는 것은 전혀 두렵지 않지만, 적어도 지금, 저놈의 손에서만큼은 죽을 수 없었다.

결론을 내린 크로우는 한쪽 발을 뒤로 슬쩍 빼고 몸을 돌리더니, 돌연 자리를 박차고 도망치기 시작했다.

"어딜 도망치려고!"

아렌트 역시 그의 뒤를 따라 내달리려고 했지만, 크로우가 집어 던진 테이블이 정면으로 날아드는 바람에 급하게 피해야 했다.

잠깐의 틈을 번 크로우는 사람들이 급하게 빠져나가는 통에 반쯤 부서져 버린 문을 향해 달려갔다.

하지만 따뜻한 저녁노을이 비쳐 드는 바깥으로 뛰쳐나갔을 때, 그 자리에 우뚝 멈춰 설 수밖에 없었다.

"얼마 못 버텼군."

입구를 지키던 나이 든 기사가 덤덤하게 툭 내뱉었다.

크로우는 한눈에 그를 알아볼 수 있었다.

황실 제1기사단의 단장, 켄드릭 폰 레안드로스. 그 양 옆에 선 사람은 라이오스와 다이아나였다.

이미 식당은 황실 기사단에게 완벽히 포위되어 있었다.

"……."

저도 모르게 주춤, 물러서려던 크로우는 제 뒤에서 들려오는 시큰둥한 목소리에 퍼뜩 정신을 차렸다.

"최대한 손상 없이. 아시죠?"

"알고 있다."

스릉.

켄드릭의 검집에서 검이 뽑혀 나왔다.

한 박자 늦게 그것을 알아차린 크로우가 급히 무기를 들고 대응하려고 했지만, 이미 켄드릭의 검 끝이 크로우의 목을 가르고 있었다.

크로우의 세상이 순식간에 암전되었다.

* * *

고장 난 인형처럼 털썩, 구울이 쓰러졌다.

목이 베이고 가슴이 깊이 찔린 상처에서는 피 한 방울 흘러나오지 않았다.

검을 검집에 집어넣은 켄드릭이 시신을 내려다보며 인상을 찌푸렸다.

"살아 있는 인간이 아니라는 것만은 잘 알겠군."

"잠깐 살펴보겠습니다."

라이오스가 앞으로 나서서 시신을 뒤덮은 로브를 치워 보았다.

고작 몇 초 전까지 살아 움직이던 놈이라는 게 믿기지 않을 정도로, 시신에 온기라고는 전혀 남아 있지 않았다.

"몇 가지 특이 사항을 제외하면 인간과 거의 흡사한 것 같습니다."

"내 눈에도 그렇게 보이네. 자세한 건 백작의 연구소에 부검을 의뢰해야겠지만."

목이 베이고 나서야 드러난 얼굴은 누더기 인형처럼 흉터가 가득했다. 아렌트가 납검하며 어슬렁어슬렁 바깥으로 나왔다.

"그냥저냥 강하긴 하더라고요. 일반적인 기사급이면 일대일로는 좀 골치가 아플 정도?"

"그래, 고생했다."

크로우의 위치를 파악한 뒤, 굳이 아렌트가 먼저 들어가 전투를 벌인 것은 놈의 행동 양상을 직접 살펴보려는 심산이었다.

다른 단장들과 합류해 한바탕 회의를 벌인 결과였다.

생포하는 것은 일찌감치 포기했다.

위치를 추적당할지도 모르고, 이런 놈을 황궁에 살려서 데려갔다가는 무슨 사달이 일어날지 알 수 없었다.

그래서 이런 식으로 타협한 것이다.

신기할 정도로 인간을 관찰하는 데 능한 아렌트를 투입해서.

'이것도 황실 기사단의 방식과는 다소 거리가 멀지만.'

아렌트는 목숨이 끊겨 나무토막처럼 바닥을 뒹구는 크로우를 무심하게 내려다보았다.

설령 적이라 하더라도 검을 마주한 상대를 조롱하는 것은 기사다운 일이 아니었다. 함정을 파고, 일부러 도망치도록 유도해 처리하는 것은 적을 가지고 노는 것이라고 말할 수도 있을 테니까.

어쩌면 기사들의 딱딱하던 사고방식에 약간의 변화가 찾아온 걸지도 몰랐다.

"싸우다가 이상한 마력을 봤습니다."

"마력?"

아렌트가 언급한 말에 기사들의 시선이 모여들었다.

"넵, 되게 기분 나쁜 느낌이었는데…… 아마 시신에 남아 있을 테지만요. 검정색에 가까운, 짙은 연기나 안개처럼 보였습니다."

"검은 안개라……."

미간을 좁힌 켄드릭이 기억을 뒤지듯 중얼거리다 고개를 내저었다.
"그런 형태의 마력은 들은 적도, 마주한 적도 없네."
"그렇다면 체르니온교 특유의 마력…… 아니, 어쩌면 신성력이라고 볼 수도 있겠습니다."
라이오스가 첨언했다.
체르니온의 신성력.
기사들의 얼굴이 순식간에 꺼림칙해졌다.
고개를 절레절레 내저어 상념을 털어 낸 라이오스가 다시 입을 열었다.
"아렌트, 넌 황궁에 복귀하면 보고서를 작성해서 올리도록."
"귀찮은데요."
"근무 하루 빼 줄 테니 잔말 말고 해라."
여하튼, 이것으로 목적은 전부 달성했다.
도시는 무사하고, 폭동도 일어나지 않았으며, 신종 구울의 시신 역시 확보했으니까.
이제는 복귀할 시간이었다.

* * *

귀찮다며 투덜대던 아렌트였지만, 깔끔한 성격답게 딱

하루 만에 완벽한 보고서를 작성해 올렸다.

하지만 그것을 건네준 사람은 아렌트 본인이 아니라 대신 온 리히트였다.

"어쩐 일로 리히트 경이 왔어?"

"그 녀석은 오늘 비번이고, 볼일이 있다면서 나갔습니다."

의아하게 묻는 칸타레스에게 리히트가 단정히 대답했다.

"경들도 큰일이군. 견습 기사 녀석이 맡긴 심부름이나 하고."

"……."

황태자가 놀리는 말에 리히트는 미처 대답을 하지 못했다.

"그놈은 돌아오자마자 어딜 그렇게 쏘다닌대?"

"궁금한 게 생겼다며 루미엘 신관님을 뵈러 간다고 했습니다."

원래 그리 쉽게 만날 수 있는 상대가 아닌데도, 루미엘 신관은 언제나 아렌트에게 무른 태도를 보였다.

사실 아렌트에게 물러지는 사람은 그녀뿐만이 아니었지만.

"뭐든 좋지만, 대신전에 너무 자주 드나들지 말라고 해. 그러다 테오도르 대신관님 눈에 띄면 좋은 꼴은 못

볼 테니까."

"그렇지 않아도 비슷한 이야기를 했습니다. 다른 곳에서 만난다고 하더군요."

아마 황태자의 비밀 아지트, 로렌스의 식당에서 만날 생각인 것 같았다. 거기라면 누구의 눈에도 띄지 않을 테니까.

"그런 식으로 쓰라고 알려 준 건 아니었는데."

"예?"

"아니다. 아무것도."

대충 얼버무린 칸타레스는 보고서를 훑어보는 데 집중했다.

감정 표현과 의사소통이 분명하게 이뤄지며, 지능은 교육받은 인간 이상으로 추정됨.

움직임이 부드럽고, 훈련받은 기사에 준하는 순발력과 완력을 보이는 반면, 전투 중 시각에 의존하는 경향이 보여 감각이 다소 퇴화했을 가능성이 있음.

검에 찔리고 베이는 것은 회복이 가능하지만, 화상이나 동상 등 영구적 상해는 수복이 어렵거나 불가능한 것으로 판단됨.

거기까지 읽은 칸타레스가 질린 얼굴로 중얼거렸다.

"……잠깐 싸운 게 다라면서, 고작 그 정도로 이렇게까지 관찰할 수 있나?"

"검은 많은 것을 알려 줍니다. 세세한 버릇이나 움직임 같은 것을 살피기에 대련만큼 좋은 것은 없다고 사료됩니다."

리히트에게서 딱딱한, 그야말로 기사다운 대답이 돌아왔다.

"그리고 아렌트가 가장 잘하는 것 중 하나가 인간 관찰이니까요."

역시 성질머리랑 일 처리 능력을 맞바꾼 게 틀림없었다.

잠깐 황태자의 눈치를 살피던 리히트가 물었다.

"그…… 도시 건은 보고를 받으셨는지……."

"그래. 기절하는 줄 알았다만, 한 번 뱉은 말은 책임져야지."

여전히 시선은 보고서에 고정한 채 칸타레스가 투덜거렸다.

"설마 그런 식으로 해결할 거라곤 상상도 못 했는데. 일단 공식적인 발표는 사칭범이 저지른 사기 사건으로 할 예정이다."

"타국의 폭도 사건과는 연관 짓지 않으실 계획이십니까?"

"일단은 그래야지. 아마 그쪽에서도 곧이곧대로 믿지는 않을 테지만."

마을 하나, 도시 전체가 초토화된 나라가 여럿 있는 이상 일이 잘 해결되었다는 것은 되도록 함구하는 편이 나을 것이다.

아렌트가 했던 방법을 누구나 쉽게 따라 할 수 있는 것도 아니었고…….

그마저도 빠르게 움직인 덕에 피해를 줄인 거지, 조금만 더 늦었어도 도시는 불바다가 됐을 터였다.

요즈음 자주 찾아오는 편두통을 가라앉히려, 칸타레스는 관자놀이를 꾹꾹 눌렀다.

아렌트의 기상천외한 기행들에 가려진 현실을 문득 자각할 때마다 가슴 한편이 섬뜩해졌다. 그놈 덕을 보지 못했더라면, 조금만 어긋났어도 제국이 휘청거릴 만한 문제로 발전할 가능성이 농후했으니.

"이번에도 고생했다, 기사단. 방금 나눈 대화는 라이오스에게도 전해 두도록. 이만 가 봐."

"예, 물러가 보겠습니다."

단정하게 허리를 숙인 리히트가 집무실을 나서고, 칸타레스는 다시 생각에 잠겼다.

비슷한 일이 또 벌어진대도 같은 방법으로 막는 건 불가능할 것이다.

하지만 분명 다른 해법을 찾아낼 수는 있겠지.

최근 손안에 들어온 패, 르웰린 왕자를 떠올렸다.

노이만 상단과 슈타들러 백작, 황실 기사단, 그리고 탐험가인 르웰린 왕자…… 어쩌면 자기 자신까지. 건방진 견습 기사를 중심으로 생겨난 기묘한 연결 고리를 효율적으로 사용할 방법이 분명 있을 것이다.

그 방법을 찾아내야 하는 것은 다름 아닌 칼리온 제국의 황태자인 자신이고.

황태자씩이나 되어서 언제까지나 부하에게 업혀 갈 수는 없지 않은가.

이건 자존심의 문제였다.

고민에 빠진 칸타레스의 눈동자가 차분하게 가라앉았다.

3장. 그 자식, 열받아 죽으라고

그 자식, 열받아 죽으라고

"……."
"……."
짙은 어둠 속, 숨 막히는 침묵이 흘렀다.
차마 숨조차 크게 쉬기 힘든 압박감에, 부복한 사내는 가만히 바닥만을 노려보며 식은땀을 흘릴 뿐이었다.
잠시 후, 어둠 속에서 짧은 탄식이 흘러나왔다.
"이를 어쩌면 좋을까…… 조금 허탈해지려고 해."
"송구합니다."
자신의 죄는 전혀 없었지만, 사내는 일단 고개를 조아리는 수밖에 없었다.
잠시 후, 어둠 저편에서 고개를 내젓는 기척이 느껴졌다.

"아니야. 네 잘못이 아니지, 로저. 누구의 잘못도 아니다. 원래라면 실패할 리 없었을 테니까."

약간의 변수만 아니었다면.

다른 나라에서 진행했던 계획은 단 한 번도 틀어진 적이 없었다. 마을 하나, 도시 전체가 체포당하고 공포심이 퍼지기 시작했으니.

하지만 칼리온 제국에서는 정반대의 결과가 나왔다.

크로우는 명예로운 죽음을 맞이하는 대신 치욕을 맛봐야 했고, 심지어는 시신마저 빼앗겨 버렸다.

후속 조치를 미리 취해 뒀기에 다행이지, 그러지 않았다면 정말로 큰 곤욕을 치를 뻔했다.

"마치 우리의 의도를 전부 파악한 것처럼 느껴져. 로저, 네 생각은 어떠니?"

"……."

사내, 로저는 미처 부정하지 못했다.

정면 승부를 노려 도발하면 장난치듯 조롱하고 도망쳐 버리고, 모든 것을 파괴해 공포심을 불러일으킬 심산이면 오히려 이쪽을 발판 삼아 빛나는 영웅을 내세워 버린다.

"손바닥도 서로 마주쳐야 소리가 나는 법인데. 이 모든 게 결국 전 세계를 위한 일임을 어째서 알지 못할까."

황실 기사단은…… 아니지. 아렌트 폰 에크하르트는 거

기에 어울려 줄 생각이 전혀 없는 것 같았다.

묵묵히 있던 로저가 입을 열었다.

"루체를 모시는 그들에게 그 정도 지혜는 없습니다."

"그들을 너무 무시하지 마렴. 그들이 세상을 평온하게 다스린 것은 사실이니까."

"……실언했습니다."

로저가 더욱 고개를 숙이자, 쿡쿡 가벼운 웃음소리가 들려왔다.

"그래도 괜찮아. 아직 조급해할 때는 아니지. 우리도 방식을 조금 바꿀 필요가 있는 것 같아."

"바꾸신다 함은?"

"계속 이런 식으로 가다가는 라이오스 단장의 기만 세워 주는 꼴이 될 듯해서."

지금까지의 결과가 그렇게 말해 주고 있었다.

고민에 빠진 듯 잠깐 침묵이 이어졌다가, 다시 짐짓 가벼운 어투가 흘러나왔다.

"……크로우가 죽었으니 진이 제법 상심했겠어. 네가 위로해 줘."

"제가 말입니까?"

고분고분하던 로저에게서 처음으로 꺼림칙한 대답이 돌아왔다.

"왜. 싫으니?"

"……아닙니다. 그리하겠습니다."

한참 동안 입을 달싹이던 로저가 결국 간신히 고개를 끄덕이자, 어둠 속에서 맑은 웃음소리가 터져 나왔다.

* * *

평소와 달리 평상복을 입은 루미엘 신관은 사람 좋은 할머니, 그 자체였다. 푸근한 미소를 한가득 드리운 노신관은 평소보다 한층 높은 목소리로 흥얼거렸다.

"오랜만에 바깥 공기를 쐬니 기분이 좋은걸요. 가끔은 이렇게라도 외출을 해야 하는데. 잠깐 바람이나 쐴까, 하는 마음으로 외출 준비라도 하고 있으면 그때부터 아이들이 따라붙으니 그것도 쉽지 않아요."

"대신전 생활이 갑갑하십니까?"

"그런 것을 느낄 새도 없이 바쁘답니다. 하지만 이따금은 이곳저곳 방랑하던 때가 그리워지기도 하지요."

아렌트가 어이없다는 듯 받아쳤다.

"그게 갑갑하시다는 뜻 같은데요."

"어쩔 수 없지요. 하지만 이 한 생으로 루체 님을 모실 수 있다는 점만은 제게 아주 큰 행운이니까요."

타고나길 자유로운 성정인 루미엘 신관에게 신전 생활이란 마냥 좋지만은 않았을 것이다. 대신관의 자리를 거절한 것 역시 더 얽매이고 싶지 않다는 마음에서였을지도 몰랐다.

"오늘 점심은 아렌트 경께서 사시는 거지요?"

"새파랗게 어린 견습 기사를 뜯어먹을 작정이십니까?"

"아렌트 경이 부자라는 건 모두가 아는 사실인걸요. 이 나이 든 신관보다야 수입이 훨씬 많지 않습니까?"

루미엘 신관이 농담조로 건넨 말에 아렌트는 어깨를 으쓱하고 말았다.

잠시 후, 로렌스가 다가와 두 사람 앞에 점심 식사를 푸짐하게 내려놓아 주었다.

본격적으로 식사에 앞서 짧게 기도를 올린 루미엘 신관이 빙긋 웃으며 물었다.

"그래서, 아렌트 경. 뭐가 궁금하시다고요?"

"신성력이요. 마력이랑은 완전히 다른 힘이잖아요. 원리가 궁금하단 말이죠."

말랑한 빵을 찢어 입에 쏙 넣는 아렌트를 마주 보며, 루미엘 신관이 애매하게 고개를 갸웃했다.

"원리라고 말한다면…… 글쎄요, 완전히 다른 힘이라고 말하기에는 조금 어폐가 있습니다. 물론 같다고는 말할 수 없지만 성질은 비슷한 부분이 있으니까요."

잠깐 말을 고르던 신관이 덧붙였다.

"신께서 지니신 마력이라고 비유하는 편이 아렌트 경

께서 이해하시기 편할 것 같습니다. 각 신전마다 신성력의 특징도 다르니까요."

"마력 특성 같은 것 말씀이십니까? 루체 신전의 치유력이라든가."

"네, 루체 님의 은총으로 우리는 강력한 치유력을 얻을 수 있었습니다. 다른 신전 역시 마찬가지입니다."

신관 여럿이 모여 비를 내리게 할 수 있는 신전도 있고, 식물이 잘 자라게 축복해 주는 신전도 있다.

"보통 신관의 능력은 각각의 신께서 이 세계에 행사하시는 부분과 연관되어 있답니다. 신관은 그런 신의 힘을 빌려 쓰는 것이지요. 기사와 마법사가 자연의 마력을 사용하는 것처럼요."

"……."

조곤조곤 이어지는 루미엘 신관의 설명을 들으며 아렌트는 힐끗, 제 손에 낀 서리 어린 손길을 보았다.

성물.

아무 이유 없이 아티팩트를 그리 부르지는 않았을 것이다.

"악신은 루체 신…… 루체 님과는 상반된 존재죠?"

"아무래도 그렇겠지요."

어둠의 신, 그리고 밤의 신.

아렌트는 레베카의 성에서 본 체르니온의 모습을 상기했다.

"그렇다면 그를 모시는 신관은 어떤 신성력을 가지게 될까요?"

"……."

예기치 못한 질문에 루미엘 신관이 눈을 동그랗게 떴다.

아렌트가 지금까지의 일을 간결하게 설명해 주자, 놀란 얼굴을 하던 신관의 표정이 점차 진지해졌다.

"……이 일은 일단 극비리에 붙이는 거지요?"

"네, 신관님만 알고 계셨으면 좋겠어요. 물론 대신관님께도 알리지 마셨으면 합니다."

"이런, 아렌트 경께서는 언제나 이 늙은이를 곤란하게 만드시는군요."

나오는 말과는 달리 쓴웃음을 짓는 신관의 주름진 얼굴에서 그리 싫은 기색은 보이지 않았다.

"하긴, 어쩔 수 없군요. 신전과 관련 없이, 제가 개인적으로 도와드리기로 한 약속도 아직 유효하니까요. 어디 보자……."

루미엘 신관은 생각을 정리하듯 한참 동안 뜸을 들였다.

식사를 입에 넣으며 아렌트가 끈기 있게 기다리기를 한참, 그녀가 다시 입을 열었다.

"정확한 정보나 자료가 없는 지금 할 수 있는 것은 추측뿐이겠지요…… 아렌트 경께서도 익히 아시다시피, 빛의 신, 루체 님의 힘은 강력한 치유력이지요. 그리고 오래전 전쟁 때는 전사들의 힘을 북돋아 주는 역할도 했다고 합니다."

소설에서도 읽은 적 있었다.

일종의 버프처럼, 신관의 축복을 받은 기사들은 사기가 충전되고 일시적으로 신체 능력이 상승하는 효과를 받았다.

"단순히 말해 육체적인 능력을 상승시켜 주는 것이니, 그들의 힘은 우리와 반대라고 여길 수 있지 않을까 합니다."

음료로 목을 축인 루미엘 신관이 말을 이었다.

"즉, 우리의 힘은 아군을 돕는 것. 반대라고 하면 그쪽은 적을 파괴하는 것, 에 초점이 맞춰져 있을 것 같군요."

"파괴라……."

짧게 중얼거리던 아렌트가 고개를 들어 루미엘 신관을 보았다.

"사실 머릿속에 한 가지 가설이 있는데요."

"네, 말씀해 보세요."

"근데, 이 말을 내뱉으면 루미엘 신관님이 두 번 다시 저랑 식사를 안 하실 것 같아 얘기하기가 좀 그렇긴 해요."

그 말이 뜻밖이었는지 루미엘 신관이 눈을 동그랗게 떴다가, 아렌트의 표정을 확인하고는 피식 웃음을 터뜨렸다.

"그렇게 말씀하시는 것치고는 썩 유감스러워하는 표정이 아닌 것 같습니다, 아렌트 경."

"딱히 유감스럽거나 죄송한 건 아니지만, 신관님께 미움 사고 싶지는 않아서요. 어쨌든 신관님은 신전 내부에서 유일하게 절 도와주시는 분이니까요."

아렌트가 뻔뻔하게 어깨를 으쓱하자 루미엘 신관이 의미 있게 눈초리를 휘었다.

"하지만 이야기하실 거지요? 그렇지 않다면 이리 따로 시간을 내어서 이런 비싼 밥까지 사 주실 이유가 없지요."

"넵, 그냥 밑밥 까는 거였어요. 미워하지 마시라고. 아니, 미워하셔도 어쩔 수 없는 일이고요. 저는 그냥 제 가설이 말이 되는지, 그게 궁금할 뿐이라."

피식, 웃음을 터뜨린 아렌트는 포크로 스테이크를 한 점 쿡 찍었다.

"루체 님의 힘이 아군을 돕는 거라고 말씀하셨죠? 저는 조금 다른 시선으로 보고 싶습니다."

이타적인 성향을 쏙 빼고, 그저 기능만을 봤을 때…….

"인간이 신께 신앙심을 가지고 간절히 기원하면 신께

서는 그에 감복해 힘을 빌려주신다…… 신성력은 그런 거죠. 하지만 저는 다른 관점으로 보고 싶습니다."

"다른 관점이라면, 어떤……?"

"빛의 신전이 보유한 신성력은 생물의 '신체'에 관여하는 겁니다. 자애라는 이름으로 치료하고 기운을 북돋아 주는 것으로…… 신앙을 '수집'한다, 라고."

"……?!"

"신께서 인간을 기껍게 여겨 신성력을 내려 주는 게 아니라, 인간으로 하여금 신성력을 쓰게 하고 거기에 감복한 인간이 신앙심을 루체 신 자신에게 바치게끔 하는 것이죠."

"……."

"아까 루체 신의 반대라고 하셨죠? 그렇다면 놈들의 신성력은 신도들의 '정신'에 간섭하는 거라고 봐도 괜찮지 않을까요?"

믿음이나 마음, 그리고 신의 사랑 따위는 철저히 배제한, 지독하게도 차가운 시선이었다.

"놈들은 과할 정도의 충성심을 가졌고, 전투 중에 도발할 때마다 쉽게 이성이 흐트러졌습니다. 그리고 신앙을 가진 자의 정신에 간섭해 제약을 걸 수도 있었죠. 교단의 기억을 완전히 잊어버리도록."

아티팩트, '므네모시네의 숨결'의 힘이었다.

"대신관님의 신성력이라면 죽기 직전의 병자도 살릴 수 있다 들었습니다. 그리고 저쪽 교단은 신자들의 기억을 마음대로 주무르고, 일정 부분 이성도 마비시킬 수 있어요. 그러니 만약 이 둘 사이에 전쟁이 벌어진다면……."

"무슨 말을 하고 싶은지는 잘 알겠습니다, 아렌트 경. 그리고 어째서 제게 미움받을 걱정을 하셨는지도 이제 이해하겠군요."

결국 듣다 못한 루미엘 신관이 중간에 말을 끊어 버렸다.

순순히 말을 멈춘 아렌트는 무표정하게 신관을 응시했다.

"터무니없는 이야기일까요?"

"……."

루미엘 신관은 곤혹스러움을 숨기지 못한 채 한참을 침묵했다.

숨이 끊어지지만 않는다면 끝도 없이 되살아나는 루체의 병사와, 바로 옆에서 동료가 죽어 나가도 결코 투지가 꺾이지 않는 체르니온의 병사가 벌이는 전쟁.

거기에 신앙심과 신이 내려 주는 자애 따위는 요만큼도 없고, 그저 인간과 신 사이에 주고받는 거래만 있는 상황.

지옥도가 따로 없는 광경이었다.

신관을 더욱 당황케 한 것은, 말도 안 되는 소리라며 함부로 부정할 수 없는 탓이었다.
 아렌트는 팔짱을 끼고 툭, 몸을 의자에 기댔다.
 "신관님의 반응을 보아하니 영 틀린 말은 아닐지도 모르겠네요. 그냥 잊어버리세요. 지금 단계에서는 억측일 수밖에 없으니까."
 "경께서는 참……."
 한참 만에 간신히 중얼거린 신관은 자신의 표정이 무너졌다는 것을 뒤늦게 깨닫고 어색한 미소를 지었다.
 "참 거침없으시군요. 체할 것 같으니, 돌아가면 소화제라도 챙겨야겠습니다."
 "그거 우리 생활관에 많은데. 다음에 좀 가져다 드리겠습니다."
 천연덕스레 말하는 견습 기사를 보고서 신관은 결국 창백한 얼굴로 헛웃음을 터뜨릴 수밖에 없었다.

 * * *

 아렌트는 소화가 안 되는 것처럼 보이는 노신관 앞으로 주스를 밀어 주며 덧붙였다.
 "이미 말씀드린 대로 억측일 뿐입니다. 신에게 고개 숙일 줄 모르는 발칙한 애새끼의 헛소리쯤으로 넘겨들으셔도 괜찮아요."

어떤 신을 모시든, 대부분 신전의 토대가 되는 것은 '신은 세상의 모든 존재를 자애롭게 보살핀다.'라는 명제였다.

신은 이 땅에 사는 지성체들을 위하는 존재고, 신관들은 그 은혜에 보답하려고 힘쓰는 존재들이다.

하지만 아렌트가 방금 꺼내든 말은 그 이념을 송두리째 부정하는 내용이었다.

신은 제 목적을 이루고자 신관들에게 자신의 힘을 빌려 준 것일 뿐인데, 신관들은 그것을 멋대로 사랑과 자애라고 착각했을 뿐이라는 해석도 가능할 터였다.

그런 엄청난 말을 지껄여 놓고도 견습 기사는 아무렇지도 않아 보였다.

"근데 제 가설이 사실이라고 해도 뭐, 그것 자체가 틀렸다고도 보진 않습니다."

신이 능력을 던져 준 의도야 어떻든, 사람에게 유용한 것은 확실했다. 루체 신의 신성력으로 구한 목숨은 수도 없을 테니까.

하지만 신관 입장에서는 그렇다며 고개를 끄덕일 수는 없을 것이다.

"혹시 근거를 여쭤봐도 괜찮겠습니까?"

"기억을 조작하는 아티팩트에 효과를 보려면 신앙심이

있어야 한다는 게 증명된 거나 마찬가지라서요."

하지만 마음이라는 건 눈에 보이는 게 아니니, 있고 없고를 판단하는 기준이 지극히 주관적일 수밖에 없다.

"제가 이 자리에서 갑자기 기도문을 읊는다고 해도 없던 마음이 생긴 건 아니죠. 지금부터 신전에 열심히 다니겠다고 선언한들, 루미엘 신관님도 안 믿으실 거 아니에요."

"아무래도 그렇지요."

또 뭔가 꿍꿍이를 꾸미는 거라고 생각하겠지.

"신성력은 신앙이 없으면 받아들일 수 없는 힘이잖아요? 만약 저쪽의 검은 신성력이 기억이나 정신에 관한 힘이 있고, 신앙이 있는 사람들은 강한 믿음을 가지는 것으로 신성력을 받아들일 자격이 갖춰진다고 하면……."

"수련하는 과정을 생략하고, 일반 신도에게 강제로 신성력을 주입한다. 이런 말씀을 하고 싶으신 거지요?"

루미엘 신관이 말을 끝내자 아렌트가 고개를 끄덕였다.

"네."

물론, 신성력은 믿음만으로 얻을 수 있는 게 아니다. 마력처럼 적성이 있어야 하고, 끊임없는 수련을 거쳐야 제대로 된 신성력을 몸에 담을 수 있었다.

하지만 첫 번째 관문이 믿음이라는 것은 분명한 사실이었다.

"정리하자면, 악신교의 신성력은 정신에 간섭하는 능력이 있고, 아티팩트는 기억을 지우는 기능과 더불어 신성력의 힘을 증폭해 타인에게 주입할 수 있는 도구인 셈이죠."

"……."

답을 요구하는 황금색 눈동자와 마주한 루미엘 신관은 천천히 한숨을 푹, 내쉬었다.

"이론적으로는, 네. 이론적으로는 말이 되는 이야기예요. 그 아티팩트에 한해서는요. 하지만 신의 의지에 관한 부분은 동의할 수 없습니다. 그것은 루체 님만이 아실 테고, 한낱 인간이 그것을 지레짐작하는 건 만용일 테니까요."

이 이상 말을 꺼내선 안 된다는 정중한 경고이자, 충고였다. 아렌트도 이 이상 나갈 생각은 없었기에 얌전히 입을 다물었고.

'확실히, 신관 앞에서 꺼내면 그 즉시 뺨을 맞을 만한 주제이긴 하지.'

루체 신을 맹목적으로 따르는 이 제국에서는 황실을 모독하는 것보다도 더 무례하고 민감한 주제였다.

그래서 논의할 상대로 루미엘 신관을 고른 것이다.

신관들 중 가장 융통성 있는 사람이니까.

'므네모시네의 숨결은 그렇다 쳐도.'

한 가지 걸리는 건, 놈들이 다른 아티팩트들도 성물이라 불렀다는 점이었다.

아렌트는 장갑을 낀 제 손등을 무심코 매만졌다.

'어쩌면……'

아니지, 더 멀리 생각할 단계는 아니었다. 수수께끼는 아직 차고 넘치니까.

아렌트가 잠시 생각에 잠긴 사이, 루미엘 신관도 마음을 가라앉히고 다시 식기를 들었다. 하지만 어느새 음식은 차갑게 식어 버린 뒤였다.

그것을 알아차린 아렌트가 로렌스를 향해 슬쩍 손을 들었다.

"아저씨, 여기 신관님 요리 좀 바꿔 주세요. 대금은 제 앞으로 달아 두고."

"저는 괜찮습니다, 아렌트 경."

"그 연세에 차가운 것 드시면 몸에 안 좋습니다."

노신관이 사양하려 했지만, 아렌트는 단호했다.

결국 루미엘은 쓰게 미소 지으며 고개를 끄덕일 수밖에 없었다.

"배려에 감사드립니다. 그리고…… 이번 일은 불문에 붙여 두겠습니다, 아렌트 경. 경께서도 답답하셨으니 절 찾아오셨겠지요."

"감사합니다."

이번만큼은 진심을 다소 담은 한마디였다.

그게 느껴졌는지 루미엘 신관이 살포시 미소 지었다.

"식사 한 번 정도로는 안 되겠는데요?"

"다음에 또 대접해 드릴게요. 노이만 상단주님께 좋은 곳을 추천받았거든요."

"그때는 체할 것 같은 화제는 없으면 좋겠네요."

달그락.

새로 나온 요리를 깔끔하게 비운 루미엘 신관은 식기를 내려놓고, 디저트로 나온 따뜻한 차를 한 모금 마신 후 눈앞에 있는 젊은 기사를 눈에 담았다.

"늙은이가 한마디 잔소리해도 괜찮겠어요?"

"네, 뭐."

"진짜 위험해질 것 같으면 제일 먼저 도망칠 거라고 말씀하셨던 거, 기억하나요?"

건성으로 흘려들으려던 아렌트가 눈을 꿈뻑였다.

언젠가, 루미엘 신관을 처음 만났을 때 제가 지껄인 말이었다.

"그 말, 꼭 실천해 주시길 바랍니다."

"말씀 안 하셔도 그럴 생각인데요?"

"그러시다면 다행이고요."

그 말을 믿는 것 같지는 않았지만, 신관은 쓴 미소를 지어 주고는 화제를 돌려 버렸다.

"조금 쉬엄쉬엄하세요. 완벽주의가 심해지면 곧 강박이 된답니다. 아렌트 경은 모든 경우의 수를 머릿속에 집어넣으려는 것처럼 보여서 조금 걱정입니다."

"모르는 것보다는 아는 편이 훨씬 낫잖아요."

아렌트는 시큰둥하게 손을 휘휘 내저었다.

"그리고 전 모든 일이 다 제 뜻대로 흘러가야 직성이 풀리거든요. 신관님도 아시다시피 성질이 더러워서."

"……정말 못 당하겠습니다, 아렌트 경은."

결국 루미엘 신관은 고개를 절레절레 내젓고 말았다.

그 모습은 마치 힘이 넘치는 아들내미와 그게 못내 걱정되는 늙은 어머니 같기도 했다.

* * *

저녁 무렵 황궁으로 복귀하니 심각한 얼굴의 아서가 아렌트를 맞이했다.

생활관의 분위기 역시 꽤 심각하게 가라앉은 것을 확인한 아렌트가 의아하게 물었다.

"뭐야. 무슨 일 있어요?"

"하아…… 그게."

아서는 짜증스럽게 제 뒤통수를 벅벅 긁었다.

"구울의 시신이 소실됐어."

"소실됐다고요? 누가 훔쳐 가기라도 한 거예요?"

"에이 씨, 그게 아니라!"

퍼뜩 그 말이 이해가 되지 않아 미심쩍게 묻자 아서는 고작 몇 시간 전에 벌어진 일을 차근차근 설명해 주었다.

크로우의 시신은 처분된 그 자리에서 곧장 슈타들러 백작의 연구실로 옮길 예정이었다.

이런저런 절차를 마치고, 그에 따라 약간의 지체가 있은 후, 시신을 마차에 싣고 출발한 무렵에 사건은 벌어졌다.

"……심한 악취요?"

"그래, 이동하는 도중 마차 안에서 갑자기 냄새가 나기 시작했대."

결국 일행이 여정을 멈추고 시신의 상태를 확인하려는 그 순간, 시신이 폭발을 일으켰다.

"마차 짐칸이 완전히 날아갈 정도였다고 하더라. 이상한 낌새를 느끼고 즉각 거리를 확보했으니 다행이지, 조금만 늦었어도 크게 다쳤을걸."

자신들의 연구 결과가 황실 측에 넘어가지 않도록 미리 수를 써 둔 거였다.

아렌트가 미간을 찌푸렸다.

"얄팍한 수를 쓰네요."

"어쩌면 슈타들러 백작님을 노린 일일지도 모르지. 조

금만 더 일찍 도착했더라면 백작님이 고스란히 변을 당하실 뻔했어."

아서가 쯧, 혀를 찼다.

"그래서, 백작님은 뭐래요?"

"신종 구울을 직접 살펴볼 기회가 날아갔다는 것에 슬퍼하신다던데. 폭발 현장에 조수들을 보내시겠대. 파편이 남아 있다면 그거라도 모아 온다고."

"……."

하마터면 본인이 죽을 뻔했다는 사실은 안중에도 없는 것을 보면, 확실히 그 인간도 정상은 아니었다.

아렌트는 신경질적으로 앞머리를 긁적였다.

"어쩔 수 없죠, 뭐. 근데 설마 고작 그 정도에 전부 다 죽상인 겁니까?"

더 이상 파고들 수 없다는 게 아쉽긴 했지만, 이동 중 시가지나 민가에서 폭발하지 않은 게 다행스러운 일이었다.

아서가 황당하게 물었다.

"고작 그 정도라고?"

"고작이죠. 다친 사람도 없고, 시체 하나 없어진 게 다잖아요. 막말로, 선배들이 뭐 했다고 아쉬워해요? 개고생은 내가 다 했는데. 아쉬워해도 내가 아쉬워해야지."

"……."

여지없이 날아든 밉살맞은 말들에 아서의 표정이 차차 썩어 들어갔다.

거기다 대고 '난 도둑질 도왔다.'라고 말할 수 없는 게 참 안타까웠다.

아서가 그러거나 말거나 아렌트는 인사도 건네지 않고 몸을 빙글, 돌려 버렸다.

그의 뒤통수를 노려보던 아서가 심술궂게 덧붙였다.

"그리고 보니 아르크스 공자님이 황궁에 들어오셨다던데."

"어쩌라고요. 관심 없습니다."

하지만 평소와 다르지 않은 냉랭한 대꾸만 돌아올 뿐이었다.

"한가하면 같이 연무장이나 가시죠?"

"말하는 싸가지 하고는."

투덜거리면서도 아서는 거절하지 않았다.

* * *

아르크스는 지금 가시방석에 앉은 기분이었다.

난데없이 날아든 호출에 얼떨떨해하면서도 황궁에 들이왔더니, 평소에는 잘 사용하지 않는 작은 응접실에 안내받았다.

거기까지는 전혀 문제없었으나, 그를 진정 불편하게 하는 것은 응접실 구석에서 얌전히 대기 중인 시종들의 따가운 시선이었다.

아르크스를 여기까지 데려온 어린 시종들은 차와 과자를 내주는 과정에서도 계속 사나운 눈빛을 쏘아 대고 있었다.

'이름이…… 시튼이랑 에녹이랬나.'

고작 시종 주제에 귀족을 이렇게나 노려보다니, 분명 무슨 까닭이 있을 텐데…….

그렇다고 해서 귀족 체면에 직접 까닭을 묻는 것도 껄끄러워, 아르크스는 꿋꿋하게 모른 척하고 있었다.

불편한 시간을 얼마나 보냈을까, 응접실 문이 열리더니 헨리가 들어왔다.

그는 먼저 와 있던 아르크스를 발견하고는 눈을 동그랗게 떴다.

"뭐야. 너도 있었어?"

"헨리."

놀란 것은 아르크스 역시 마찬가지였지만, 그보다는 안도감이 앞섰다. 적어도 이 불편한 공기는 조금 가실 테니까.

전에 없이 자신을 반가워하는 기색의 친구를 의아하게 보던 헨리는, 곧 구석에 선 시튼과 에녹을 발견하곤 쓴웃음을 지었다.

"아하, 그런 거였어?"

"……딱히 지은 죄는 없는 것 같다만."

시튼이 따뜻한 차 한 잔을 헨리 앞에 두고 물러나자, 아르크스가 목소리를 죽여 작게 소곤거렸다.

"지은 죄가 왜 없어? 너만큼 죄를 많이 지은 놈이 어디 있다고."

"내가 뭘 했는데."

"저 두 사람, 아렌트 경과 자주 어울려 다니는 시종들이야. 듣자 하니 아렌트 경에게 은혜를 입었다더군."

"……."

그 한마디에 아르크스는 대답이 궁색해지고 말았다.

지금 이 순간에도 에녹과 시튼은 아르크스를 잡아먹을 것처럼 쏘아보고 있었다.

헨리가 놀리듯 빙그레 웃었다.

"이 정도는 감내해야지?"

"……하아."

아르크스는 그냥 입을 얌전히 다무는 쪽을 선택했다.

두 사람을 불러낸 황태자는 불편한 시간이 조금 더 흐른 뒤에야 모습을 드러냈다.

제국의 후계자가 응접실에 한 발을 내딛는 순간, 두 청년이 자리에서 벌떡 일어났다.

"란슬롯 공작가의 헨리 루 란슬롯이 황태자 전하를 뵙습니다."

"에크하르트 백작가의 아르크스 폰 에크하르트가 황태자 전하를 뵙습니다."

"갑자기 불러냈는데도 찾아와 줘서 고맙군. 편하게 앉아. 나도 딱딱한 분위기는 별로 좋아하지 않는 편이니."

황태자가 상석에 앉자, 그제야 두 공자 역시 착석했다.

"미안한데, 내가 조금 바빠서. 안부 인사나 사담은 생략하고 바로 본론으로 들어가도 되나?"

"예. 물론입니다, 전하."

헨리가 선뜻 대답하고, 아르크스 역시 조금 긴장한 채 황태자를 가만히 응시하기만 했다. 언제든 명령을 내리기만 하라는 듯이.

'그래, 이게 정상이지.'

황태자 앞에서 짝다리 짚고 건들대며 빈정대는 게 아니라.

누군가와는 심히 비교되는 모습이었다.

고개를 내젓는 것으로 간단히 상념을 털어 낸 칸타레스가 진지하게 운을 뗐다.

"두 사람, 혹시 내 일을 좀 도와줄 수 있겠나?"

갑작스러운 제안에 아르크스와 헨리는 당장 대답하지 못하고 눈만 깜빡였다.

잠시 후, 퍼뜩 정신을 차린 헨리가 다시 입을 열었다.

"황태자 전하께서 명령하신다면 얼마든지 해낼 것입니다."

"아니, 명령이 아니라 부탁이야. 그것도 마음에 안 들면 거래라고 해 두지."

"……혹시 결례가 되지 않는다면 연유를 여쭤봐도 괜찮겠습니까?"

이번에는 아르크스가 묻자 칸타레스가 담담하게 대답했다.

"위험한 일인 만큼 그대들이 자발적으로 응해 줬으면 하니까."

"목적은 악신교 척결입니까?"

"그것 외에 뭐가 있겠나?"

황태자가 피식 웃음을 터뜨렸다.

"그대들이 승낙한다면 자세한 내막을 들려주지. 하지만 그 전에는 안 돼. 그리고 한 번 발을 들이게 되면 결코 빠져나갈 수 없다. 그러니 신중하게 대답해 줬으면 해."

"……"

아르크스와 헨리는 서로를 마주 보았다.

고민은 길지 않았다.

"하겠습니다."

"저 역시 그렇습니다."

두 청년이 서슴없이 대답하자 칸타레스가 석연찮게 눈썹을 휘었다.

"너무 쉽게 대답하는 것 같은데?"

"아닙니다. 저는 분명하게 원하는 게 있어서 그렇습니다. 아르크스 공자 역시 마찬가지일 테고요."

"그렇습니다."

눈치 빠르게 황태자가 원하는 것을 캐치해 낸 헨리가 그렇게 말하자 아르크스 역시 고개를 끄덕였다.

"원하는 것?"

"저는 야망이 아주 큰 사람입니다."

칸타레스가 의아하게 묻는 말에 헨리가 당당히 대답했다.

"저는 형님과 아버지의 그림자 아래에서 그저 그런 사람으로 남고 싶지 않습니다. 황태자 전하의 일을 훌륭하게 수행해 큰 공을 세우면, 제 이름이 후대에도 당당히 남겠지요."

"호오."

그 대답이 퍽이나 마음에 들었는지, 칸타레스가 슬쩍 미소를 드리우고는 시선을 돌려 다른 귀족가 자제를 눈에 담았다.

"에크하르트 가의 공자. 그대는?"

"제 목적은, 황태자 전하께서도 익히 아시리라 생각이

되고……."

 잠깐 입을 다물고 있던 아르크스가 그렇게 말했다.

 "만약의 경우를 대비해서 말씀드리지만, 아버지는 신경 쓰지 않으셔도 괜찮습니다."

 "그렇겠지. 에크하르트 백작은 황궁에서의 입지를 크게 잃어버렸으니까."

 잘난 차남과 절연하게 된 사건 때문에, 당시 아렌트에게 호되게 당한 랜포드 후작과 그를 따르던 귀족들은 크게 힘을 잃어버렸다.

 에크하르트 백작 역시 예외는 아니었다.

 "하지만 백작에게 원망 사고 싶지는 않은데. 에크하르트 백작 입장에서는 아들 둘을 내게 빼앗긴 셈이니."

 칸타레스가 짐짓 고민하는 척 고개를 기울였다.

 명백히 아르크스를 떠보는 행동이었다. 돌발적으로 황성에 올라오기 전까지, 아르크스는 에크하르트 백작의 손발 역할을 했으니까.

 그 사실을 잘 아는 아르크스의 눈빛이 진지하게 가라앉았다.

 "아버지 때문에 일을 그르치지 않겠습니다. 만일 피치 못한 사정이 생긴다면, 저 역시 백작가의 이름을 버릴 각오로 임하겠습니다."

 "좋아, 두 사람 다 마음에 들어."

그제야 칸타레스가 씨익, 웃었다.

때마침 똑똑, 문 쪽에서 노크가 들려오더니 제레온이 들어왔다.

"죄송합니다. 필요한 서류를 구비하느라 조금 늦었습니다."

"괜찮아. 아, 에녹과 시튼. 너희들은 이제 나가 봐도 좋다."

아직도 구석에 멀뚱히 서 있던 시튼과 에녹이 퍼뜩 정신을 차리고는 하직 인사를 올린 뒤 후다닥, 응접실에서 벗어났다.

그들과 교대하듯 안쪽으로 걸음을 옮긴 제레온이 아르크스와 헨리 앞에 서류를 내려놓았다.

"두 분께서 함께 확인해 주셨으면 합니다."

"……."

헨리가 먼저 서류를 집어 들고, 아르크스가 고개를 기울여 함께 내용을 확인했다.

잠시 후, 헨리가 어리둥절하게 제레온과 칸타레스를 번갈아 보았다.

"이게…… 무엇입니까?"

"권리 양도서. 급하게 마련하느라 꽤 고생했어."

"고생은 제가 했지만요. 이런 건 적어도 며칠의 말미를 주셨으면 합니다."

황태자 뒤에 그림자처럼 서 있던 제레온이 평소처럼 온화하게 한마디 얹었다.

두 공자의 표정이 어색해지자 칸타레스가 괜히 헛기침을 한 번 해 분위기를 환기했다.

"……어쨌든, 거의 망해서 이름만 있던 연합을 내 사비로 매입했다. 연합장은 너희 둘 중 하나가 맡아. 어차피 이름뿐이니 부담스러워할 필요는 없고."

"맡기신다는 일이 이것입니까?"

"그래, 아무래도 악신교랑 제대로 붙으려면 단단한 기반이 필요하니까."

헨리의 물음에 황태자가 고개를 끄덕였다.

두 사람이 경청한다는 것을 확인한 칸타레스는 천천히 말을 이었다.

"솔직히, 지금까지 당하지 않고 반격할 수 있었던 건 운이 상당히 따라 준 탓이다. 매번 요행으로 대형 사고를 막아 온 것과 다르지 않지. 앞으로도 이런 식이라면 곤란해."

그 요행이란, 아렌트가 독단적으로 벌인 온갖 기상천외한 일들이었다.

"정보를 모으는 것부터 그걸 취합해 분석하고 직접 현장으로 향하는 일까지…… 공식적으로 밝힐 수 없는 건들이 많다 보니 입무기 단 몇 사람에게 치중될 수밖에 없는 형태다. 조직적이지 못하고, 비효율적이지."

그 몇 사람이란 황태자 본인과 기사단장들, 그리고 지금 이 사태 한가운데에 놓인 아렌트 폰 에크하르트였다.

"슈타들러 백작과 노이만 상단주에게도 제법 도움을 받고 있지만, 지금 같은 방식에는 곧 한계가 찾아올 거다."

슈타들러 백작은 황태자에게 고용된 상태라고 치더라도, 노이만 상단주는 오직 개인의 의지와 아렌트에게 가진 호의만으로 황실을 도와주고 있는 것과 마찬가지였다.

그것만으로는 불안했다.

"앞으로 새로운 정보가 끝도 없이 쏟아질 테고, 비공개로 처리해야 하는 일도 분명 많아질 거다. 그러니 업무를 분담해 줄 사람이 필요해."

사안이 사안이니만큼 믿을 수 있고, 유능한 사람들이 모여 체계적으로 대처해야만 한다.

매번 아렌트가 부리는 요행에 기댈 수도 없는 노릇이니까.

이번에 도시를 구해 낼 수 있었던 건 놈이 일으킨 기적에 가까운 일이었다.

"그러니…… 그 일을 전담할 기관이 필요해졌다는 말씀이십니까?"

"이해가 빨라서 좋군."

헨리가 미간을 모으며 묻자 황태자가 고개를 끄덕여 주었다.

"그대들은 연합의 간판을 걸고 물밑에서 지원 임무를 맡아야 해. 세간의 시선을 피해야 할 일이 생긴다면 은폐 공작을 펼치고, 여기저기 흩어진 정보를 모으고 취합하는 거지. 그대들이 수장을 맡아서 말이야."

"……."

"노이만 상단, 그리고 슈타들러 백작의 연구실과 따로 연줄을 만들어 주지. 양측과 정보 공급 계약을 맺으면 문제없을 거야."

여기까지만 해도 엄청난 업무량이었다.

"물론 황실에서 알아낸 정보도 너희 쪽으로 보낼 예정이다. 너희가 한데 모아서 관리해."

"중요한 것은, 그 모든 일을 처리하면서 아무에게도 들키지 않는 것이겠군요."

묵묵히 듣기만 하던 아르크스가 운을 뗐다.

겉으로는 젊은 두 귀족 청년이 새로운 사업에 뛰어든 것처럼 보이면서, 뒤에서는 최전선에서 악신교에 대적하는 이들을 보조하며 정보를 한데 끌어모으는 역할을 해야 했다.

"정확해. 겉보기용 사업은 뭐든 좋아. 장사를 해도 좋고, 곁다리로 얻은 정보를 팔아도 괜찮겠군. 하지만 노출

된다면 나나 그대들이 상당히 곤란해지겠지?"

체르니온교와 황궁의 귀족들, 그 어느 쪽에게 들켜도 곤욕을 치를 것은 마찬가지였다.

칸타레스의 노골적인 설명 속에는 분명 불법적인 일도 상당수 포함되어 있었으니까. 목숨이 위험한 것은 물론, 귀족으로서의 생명과 명예와도 직결된 문제였다.

"물론 그대들에게 모든 것을 다 맡길 생각은 추호도 없어. 실질적인 지시와 지휘는 내가 할 테니, 그대들은 잡무를 처리해 주고 중간 다리 역할에 충실해 주면 돼."

쉽게 고개를 끄덕이기 힘든 상황에 응접실 내에 진득한 침묵이 흐르던 중, 아르크스가 운을 뗐다.

"아렌트에게 도움이 될 수 있는 일입니까?"

"물론. 아까 이야기한 은폐 공작 이야기다만…… 적어도 6할은 그 자식이 벌인 일일걸."

남은 4할 중 2할은 아렌트에게 물든 기사단이 덩달아 친 사고들이고, 나머지는 황태자 자신의 몫이었지만, 굳이 거기까지 덧붙이지는 않았다.

다행히 그 정도로 충분했는지 아르크스가 선뜻 고개를 끄덕였다.

"하겠습니다."

"저도 함께하겠습니다."

헨리 역시 다시 한번 제 뜻을 표했다.

"혹시 하나만 더 여쭙는 것을 허락해 주시겠습니까?"
"말해."
"황궁 내에는 다른 인재가 많은데, 어째서 저희를 고르셨는지가 궁금합니다."
"좋은 질문이다."

팔짱을 낀 칸타레스가 소파에 등을 툭, 기댔다.

"서두에 말한 것처럼, 내 주위에 믿고 일을 맡길 만한 사람이 그다지 많지가 않아. 고르고 골라낸 내 사람들은 이미 차고 넘치게 일을 하고 있다."
"……."
"지금 당장 제레온 보좌관도, 여기에서 업무를 더 늘리면 당장이라도 사직서 쓰고 고향에 내려간다고 할걸."
"아시니 다행입니다."

잠자코 있던 보좌관이 다시금 존재감을 드러내자 칸타레스가 피식, 웃음을 터뜨렸다.

"그렇다고 기사들 중 사람을 뽑아서 하자니, 그 고지식한 놈들이 뒤처리 같은 일을 달가워할 리도 없고…… 잘할 것 같지도 않지. 하지만 헨리 공자, 그대의 적성에는 제법 맞는 일 같아서."

융통성도 있고, 머리 회전도 빠르며, 가끔은 약삭빠르게 행동할 때도 있다. 게다가 그는 란슬롯 공작의 친아들이니 어느 정도 신뢰할 수 있었고.

"그리고 아르크스 공자는, 단순해. 첫 번째, 이 일을 받아들여야 하는 동기가 충분하지. 나라면 그런 못되어 처먹은 동생과는 두 번 다시 상종도 안 하겠지만 굳이 관계 회복을 하고 싶다니까, 그 의사만큼은 충분히 반영할 만해."

"……."

"그리고 두 번째. 이게 제일 중요해."

중요하다는 말에 헨리와 아르크스가 저도 모르게 몸을 긴장시켰다.

심각한 낯을 한 황태자가 또박또박 덧붙였다.

"아렌트, 그 자식 열받아 죽으라고."

"……."

"……."

순간 두 사람은 벙찌고 말했다.

"매번 뻔뻔하게 나오는 것 같긴 하지만, 아무래도 공자를 싫어하는 마음은 진심 같아서 말이지."

그와 반대로 칸타레스는 표정을 푼 채 씨이익, 장난스러운 미소를 그렸다.

"싫어하는 사람이랑 자꾸 얼굴을 부딪치면 그놈도 제법 열받겠지. 그 꼴 보고 싶어서."

"……."

"……."

미처 대답할 말을 찾지 못한 헨리와 아르크스는 그냥

얌전히 입을 다물기로 했다.

 저 말이 농담 따위가 아니라 진심이라는 것을 누구보다도 잘 아는 제레온은 이마를 짚고 한숨을 푹푹 내쉬었다.

* * *

 버려져 명목만 유지하던 연합은 '칸 연합'이라는 이름으로 헨리와 아르크스 아래에서 다시 태어났다.

 과연 두 사람은 일 처리가 빨랐다.

 일찌감치 황궁에 사직서를 낸 헨리는, 곧장 황성과 가까운 도시에 자리를 잡고 본격적으로 일을 진행하기 시작했다.

 연합이라는 이름을 달고서 아무것도 안 할 수는 없으니, 외부적으로는 차와 다기를 취급하는 상인들의 연합으로 꾸미기로 했다.

 손님들이 오가며 차와 다과를 들고 독서도 하며, 상인들은 서로 정보를 주고받고 거래도 틀 수 있는 장소로.

 눈속임용이라지만 제대로 된 사업이 진행될 계획이었다.

 평소 티타임을 즐겨 하는 헨리의 취향이 듬뿍 들어간 선택이었다.

 아르크스 역시 그와 같이 사업을 운영한다는 명목으로

황성에서의 생활을 접고 거점을 옮겨 갔다.

그때까지만 해도 제 형의 동향에 별 관심을 두고 있지 않던 아렌트는, 얼마 후 일의 전말을 모두 알게 되었다.

"……정말."

와그작.

황태자가 친히 보낸 서신이 아렌트 손안에서 처참하게 구겨졌지만, 그 엄청난 불경에 대고 뭐라 쓴소리를 할 수 있는 사람은 아무도 없었다.

"시비 거는 방법도 참 각양각색이지."

당장 걸리는 사람은 아작이라도 낼 기세로 살기를 풀풀 풍긴 탓이었다.

* * *

화내지 말자, 화내지 말자. 괜히 열 받아 봤자 얻을 수 있는 건 아무것도 없으니까.

"하……."

그런데도 어째서일까, 자꾸만 속이 부글부글 끓었다.

황태자가 제 돈으로 뭘 하든 알 바 아니었다. 본격적으로 싸움이 시작되기 전 보조를 맞춰 줄 팀이 있는 것도 좋은 일이었다.

하지만 그 인선에서는 어떻게든 엿을 먹이겠다는 황태

자의 악의가 느껴졌다.

이미 일을 벌여 놓은 뒤에 직접 서신으로 소식을 알린 의도 역시 충분히 짐작할 만했다.

주인 잃은 개처럼 처연하게 바라보는 아르크스의 눈망울을 또 마주할 생각에 자꾸만 화딱지가 치솟았다.

'차라리 싸가지 없이 굴던 때가 나았지.'

놈의 요구 사항이 돈을 달라는 것도, 백작가로 돌아와 달라는 것도 아니라 더욱 그랬다.

게다가 이제 와서는 목숨까지 걸고서 이 일에 끼어들겠다니.

"후우우……."

일단은 침착하고.

프로 배우는 사적인 감정에 휘둘려서는 안 되니까.

마음을 가다듬은 아렌트가 구겨진 종이를 다시 펼쳐 주머니에 잘 갈무리하자, 주변에서 불안하게 지켜보던 선배들이 슬금슬금 다가왔다.

"뭐야. 무슨 일인데?"

"어딘가의 백작가 장남이 새로운 사업을 시작한다는데, 황태자 전하께서 그걸 굳이 저한테 알려 주시네요. 참 감사하게도."

그 한마디로 기사들은 아렌트의 심기가 불편해진 까닭을 완벽하게 이해한 모양이었다.

"할 일 없으시면 연무장 가서 검이라도 한 번 더 휘두르시죠?"

"간다, 가. 이 싸가지 없는 새끼."

툴툴거리며 멀어지는 선배들을 한심하게 바라보던 아렌트는 쯧, 혀를 차고는 등을 돌려 버렸다.

얼마 전 두 사람이 따로 황태자와 회담을 나눴다는 건 에녹과 시튼에게 들어 알고 있었다.

'연합이라……'

열받는 것과는 별개로 나쁘지 않은, 어쩌면 제법 괜찮은 선택이었다.

황궁 사람들을 완벽히 믿을 수 없는 상황이니, 외부에 따로 본부를 마련해 두면 좀 더 일 처리가 편해질 테니까.

사실 헨리와 아르크스 외에 그 일을 맡을 사람도 없었다.

황태자 말마따나 황궁 내부의 유능한 아군들은 이미 격무에 시달리는 중이었다. 연합이 제 역할을 시작하면 아렌트 자신을 비롯해 눈코 뜰 새 없이 바쁜 이들의 부담은 줄어들겠지.

하지만 그 대신 황태자의 일거리는 대폭 늘어날 것이다. 지금까지 아렌트가 하던 일의 반절가량은 그가 떠맡게 될 테니까.

'혼자 나대지 말라는 건가.'

사서 고생한다는데 굳이 말릴 필요는 없을 것이다.

그렇다고 그냥 넘어가기에는 아쉬우니…….

다음에 골탕이나 한번 제대로 먹여 주기로 마음먹은 아렌트였다.

칸타레스가 추진한 것은 칸 연합 건뿐만이 아니었다.

며칠 뒤, 아렌트는 생활관에 방문한 제레온을 통해 새로운 소식을 듣게 되었다.

"회담이요?"

"네, 루카인 왕국 왕실에서 회담을 요청하셨다고 해요. 황태자 전하께서 황제 폐하 대신 참석하게 되었습니다."

루카인 왕국에서 칼리온 제국의 황태자를 오라 가라 할 수는 없는 노릇이니, 분명 황태자의 입김이 들어간 일일 것이다.

"같은 내용이 담긴 문서는 이미 단장님들께 전달했고, 아렌트 경께는 이렇게 구두로 전하라고 황태자 전하께서 명하셨습니다."

"그 말씀은…… 저도 준비를 하란 말씀이시죠?"

원래 견습 기사 따위가 그런 자리에 참석하는 건 상상도 할 수 없는 일이지만, 그쪽으로도 황태자가 이미 손을 써 둔 모양이었다.

아렌트의 물음에 제레온이 가볍게 고개를 끄덕였다.

"네, 자세한 일정은 조만간 알려 드리겠습니다. 황실 제3기사단 전체는 황태자 전하의 호위로서 외유에 함께 출정할 예정이니, 미리 대비해 두시는 게 좋을 것 같습니다."

"네엡, 그렇게 알아 둘게요."

제국을 오래 비우는 건 영 내키지 않는 일이지만, 이것도 한 번쯤은 필요한 일이긴 했다.

아렌트가 그리 대답하자, 제레온은 한 번 웃어 준 뒤 생활관을 빠져나갔다.

'예상보다 일이 빠르게 돌아가는데.'

아무래도 황태자는 제국만 이 일을 떠안지 말고 다른 나라들도 끌어들여야 한다는 아렌트의 말을 기억하는 것 같았다. 게다가 황제가 전담하던 외교권 일부가 황태자에게 넘어왔다는 것도 제법 마음에 드는 전개였다.

소설에서는 한발 뒤에 물러나 있던 황제 역시 이번 일에 끼어들기로 마음먹었다는 것과도 같았으니까.

커튼 뒤에 숨어 숨죽이던 단역들이 하나둘씩 존재감을 드러내며 무대 위로 나오고 있었다.

이건 분명히 좋은 징조였다.

* * *

최종적으로는 8개 나라의 수장들이 참석 의사를 밝혔다.

딱 한 곳을 제외하고는 모두 루체교를 국교로 삼은 나라들이었다.

"헉, 헉…… 이 중 세 곳은, 폭동 사건을 겪은 곳이고…… 쿨럭쿨럭. 나머지는 지금 돌아가는 상황을, 제대로 알고 싶은 거겠지…… 헉헉! 생각보다, 적은걸."

"별수 없죠, 뭐. 사람을 끌어모으고 싶었으면 제국 안에서 회담을 여는 게 나았을 텐데요?"

칸타레스가 투덜거리자 아렌트가 목검을 어깨에 걸치며 무심하니 대꾸했다.

황태자의 체통이고 뭐고, 바닥에 벌러덩 드러누운 채로 숨을 몰아쉬던 칸타레스가 그를 곱지 않은 눈으로 노려보았다.

"후우우…… 다른 쪽에도 좀 떠맡기라고 한 건 네놈이었잖아."

"전 그렇게까지 말하지는 않았어요."

굳이 루카인 왕국에서 회담을 열겠다고 한 까닭은, 이 사태가 칼리온 제국만의 일이 아니라는 것을 강조할 목적도 있었다.

"엄살 그만 피우고 슬슬 일어나시죠? 시간 아까운데요."

"너 이 새끼…… 언젠가는 꼭 한 대 치고 만다."

오랜만에 시간이 남은 틈을 타, 두 사람은 황태자 전용 연무장에서 검을 마주하고 있었다.

 물론 말이 대련이지, 한쪽만 흠씬 두들겨 맞는 매우 불합리한 현장이었지만.

 검을 지팡이 삼아 간신히 몸을 일으킨 황태자가 사납게 으르렁거리자, 아렌트가 가소롭다는 듯 입꼬리를 비틀었다.

 "할 수 있으면 해 보시든가. 근데 보아하니 전하께서는 걸음마 먼저 배우셔야 하겠는데요? 다리 후들거리는 게 꼭 갓 태어난 사슴 같네."

 "뒈지고 싶냐, 진짜?"

 "저는 그냥 충언을 드리는 겁니다. 그렇게 약골인데 적이 쳐들어왔을 때 검이라도 한 번 휘두르시겠습니까?"

 "……."

 "도망이라도 제대로 치면 다행입니다. 그런데 그렇게 부실해 빠진 하체로 뭘 하겠다고. 나중에 후사나 제대로 보실지 의문이네요."

 "……."

 진짜 할 수만 있다면 저 얄미운 주둥이를 몇 번이고 쥐어박고 싶었지만, 저 중 틀린 말이 전혀 없다는 게 분하고 원통한 일이었다.

 후사 얘기 빼고.

 이것저것 알려 줄 것이 있어 잠깐 불러냈던 게 화근이

었다. 약속 장소를 연무장으로 정했을 때부터 알아봤어야 하는데.

체력적으로 한계에 몰린 칸타레스는 치졸한 소리를 입에 담을 수밖에 없었다.

"너…… 지금 사심 담았지? 복수하는 거냐?"

"아뇨? 왜요? 뭐 저한테 잘못하신 거 있습니까?"

씨익, 입꼬리를 비트는 꼴에서 제 사심을 숨기려는 노력 따위는 눈곱만큼도 보이지 않았다.

"너, 내가 언젠가 황실 모독죄로 잡아 처넣고 말거다."

"같은 말 여러 번 하게 만들지 마십쇼. 어디 한번 할 수 있으면 해 보시든가요."

"젠장, 집어 치워!"

결국 황태자는 목검을 내동댕이치고는 씩씩거리며 잘생긴 얼굴을 뒤덮은 땀을 닦아 냈다.

이쪽을 향해 노골적으로 한심하다는 시선을 보내오는 건방진 견습 기사 놈은 여전히 뽀송뽀송하다는 사실이 황태자를 더욱 열받게 했다.

"그것보다 하던 이야기나 마저 해 주세요. 말씀 안 하실 거면 한 번 더 가고요. 저 바쁜 사람입니다."

"진짜 너라는 인간은……."

화낼 힘도 없는지, 칸타레스는 그냥 한숨을 푹 내쉬고 그 자리에 털썩 주저앉아 버렸다.

그 자식, 열받아 죽으라고 〈177〉

"다 칼리온 제국과 우호적으로 교류하는 나라니까 이야기하기는 편할 거야. 그 자리에 견습 기사 하나쯤 끼어 있어도 별 소린 안 할걸. 그러니까 너도 회담에 들어와."

"흠."

아렌트는 짐짓 고민하는 척 고개를 갸웃했다.

"굳이 따로 이렇게 불러내셔서 말씀하시는 걸 보니, 저한테 원하시는 게 있나 봐요?"

"눈치 하나는 더럽게 빠르다니까."

황태자가 건방진 견습 기사에게 원할 거라고는 딱 하나밖에 없었다.

라이오스나 다른 심복들은 할 수 없는 일.

한 번 더 땀을 훔쳐 낸 칸타레스가 운을 뗐다.

"네펠레 왕국이라고 알아?"

"아니요, 처음 듣습니다."

"해안 지역에 있는 그냥저냥 한 왕국인데, 이번 회담에 참석한다더군. 루체교를 국교로 삼고서, 외교에도 썩 적극적이지 않고 조용하게 지내는 변두리 나라고."

여기까지 들어서는 크게 특이할 점은 없었다.

천천히 숨을 돌린 칸타레스가 진지하게 덧붙였다.

"하지만 그곳의 후계자가 제법 야망이 넘쳐."

"어떤 야망이요?"

"몇 년 전 후계자 모임에서, 자신은 왕국 역사상 제일 위대한 군주로 남을 생각이라고 하더군. 그래서 내가 살짝 농담조로, 정복 전쟁이라도 할 생각이냐고 물으니 웃기만 하더라고."

체르니온교가 고개를 내밀기 전, 세상은 아주 오랫동안 평화에 잠겨 있었다. 국가 간 정복 전쟁도 멈춘 지 오래였고, 인간 외 종족과도 큰 다툼 없이 서로의 영역을 존중하며 거리를 유지해 왔다.

그런 와중에, 네펠레 왕국의 후계자가 칼리온 제국의 후계자에게 제 야심을 슬쩍 밝힌 거였다.

"그걸 굳이 전하께 말한 이유는 뭐래요? 보통 그런 야심은 숨겨야 하는 거 아닌가?"

"글쎄, 아마 떠본 거겠지. 진짜 행동에 나섰을 때 제국이 어떻게 반응할지는 고려해야 할 테니까."

"그래서 전하께선 뭐라고 하셨는데요?"

"영원한 적도, 영원한 아군도 없는 것이 국제 정세이고 역사이나, 정도 이상으로 질서를 어지럽힌 군주에겐 파멸밖에 없었다…… 라고 했지. 하지만 그 충고를 제대로 알아들었는지는 모르겠네."

벌써 꽤 오래된 일이었다.

혹시나 하는 마음에 그쪽을 계속 주시하고 있었지만, 지금까지 네펠레 왕국은 아무런 움직임도 보이지 않고 있었다.

"듣자 하니, 국왕께서는 온건하신 분이라 왕세자의 그런 기질을 바로잡고자 꾸준히 노력하셨다더군. 그런데 며칠 전, 국왕이 갑자기 쓰러지셨다는 소식이 들렸어."

"그러면 지금은 그쪽 왕세자가 실권을 잡고 있겠네요?"

"맞아. 이번 회담에 참석한다고 알려 온 건 국왕이 아니라 그 왕세자야. 시기상, 국왕께서 쓰러지시고 난 뒤에 왕세자가 결정한 사항인 것 같다."

"확실히 수상하긴 하네요."

가만히 경청하던 아렌트가 고개를 끄덕였다.

"그래서 지금까지 절 피하기만 했던 전하께서 굳이 자리를 만드셨던 거구나. 아쉬울 때만 찾으시고, 참 좋은 군주가 되시겠어요. 아아, 이 제국의 앞날이 참으로 밝습니다."

"……실컷 두들겨 팼으니 좀 봐줘라."

"누가 들으면 오해하겠어요. 제가 언제 팼다고."

"말로 팼잖아, 말로."

짧게 투덜거린 칸타레스가 손을 휘휘 내저었다.

"어쨌든, 좀 찝찝하긴 해. 그쪽 국왕님은 굳이 참석할 생각까진 없었던 것 같거든. 워낙 변두리에 있는 나라이기도 하고. 뭐, 단순히 악신교 이야기가 궁금한 걸지도 모르지만……."

"차라리 그 편이 낫겠네요."

지금껏 왕세자가 얌전히 있었던 건 국왕이 건재하고 제국이 굳건히 자리를 지킨 탓이었다.

국왕이 부재중인 상황에서 제국이 혼란스럽다는 소식까지 접했을 테니 슬슬 지금이 기회라고 여길지도 몰랐다.

잠깐 생각하던 아렌트가 어깨를 으쓱했다.

"만약 왕국 내부 집안싸움이거나, 말씀하신대로 정복 전쟁을 벌이겠다, 뭐 이런 거면 저는 안 끼어들겠습니다. 제가 뭘 어찌할 수 있는 영역도 아니고."

"알고 있어. 고작 견습 기사 따위한테 거기까지는 안 바라."

"일단은 알겠습니다. 단장님한테도 전해 둘게요."

최악의 상황은 악신교가 벌써 그쪽까지 손을 뻗쳤다는 거겠지만, 아무것도 확실치 않은 상황에서 입 밖에 꺼낼 수 있는 말은 아니었다.

눈동자를 데굴, 굴린 아렌트가 다시 칸타레스를 힐끗 곁눈질했다.

"그건 그렇다 쳐 두고, 안 일어나십니까? 저 쥐어 패고 싶다면서요. 설마 벌써 포기하시는 건 아니죠? 그래서 적들은 어떻게 상대하고, 이 제국은 어떻게 이끄시려고."

"……젠장, 그냥 너 다 해 먹어라!"

결국 칸타레스가 굴러다니던 목검을 집어 던졌지만, 무의미한 발악이었다.
 아렌트는 날아드는 목검을 턱, 잡아채 그에게 돌려주었다.
 "일어나셔야죠?"
 "……."
 잘생긴 얼굴이 생글생글 웃으며, 잡고 일어나라는 듯 손을 뻗은 모습을 본 황태자는…… 오랜만에 진정으로 공포심을 느끼고야 말았다.

4장. 망나니 상대로는 망나니가 제격

망나니 상대로는 망나니가 제격

 네펠레 국왕의 병명을 아는 사람은 아무도 없었다.
 나름대로 깊게 조사해 보려고 했지만, 칸타레스가 전달해 준 게 실질적인 전부였다.
 국왕 슬하에는 왕세자와 또 한 명의 왕자, 그리고 왕녀가 있는데, 일찌감치 장남을 왕세자로 책봉해 후계자 다툼을 방지했다.
 왕세자 아래의 왕녀와 왕자도 온순한 성격이고, 정치권 역시 안정된 편이라 지금까지 큰 다툼은 없었다고 한다.
 '이런 상황에서 야심을 드러낸 왕세자와, 갑자기 쓰러진 국왕이라…….'
 시나리오상, 가장 흔한 단골 레퍼토리가 떠오를 수밖에 없는 요소였다.

이 경우, 국왕과 마찰이 생긴 왕세자가 국왕을 해치고서 시치미를 떼고 있다고 여기는 것이 자연스러울 터. 중대 사항이다 보니 말을 아끼긴 했지만, 칸타레스 역시 비슷하게 생각하는 것 같았다.

'당장 부딪치기 전까지는 뭔가 얻어 낼 만한 건 없겠네.'

그놈들이 개수작을 부렸다고 여겨도 이상하지 않을 상황이긴 하지만, 자세한 상황을 알기 전까지는 속단하지 않는 게 좋을 것이다.

계속 허탕만 치던 중, 소득은 의외의 곳에서 돌아왔다.

- 뭐, 그 또라이는 갑자기 왜?

"아는 사이에요?"

혹시나 하는 마음에 르웰린에게 연락했다가 좀 더 자세한 이야기를 듣게 된 것이다.

- 아는 사이는 아니고, 나도 옛날에 먼발치에서 본 게 다지만…… 나야 여기저기 돌아다니는 게 일이니까 이것저것 주워들었지.

"또라이라…… 삼 왕자 주제에, 한 나라의 왕세자를 그렇게 지칭해도 되나요?"

- 너한테 그런 말 듣고 싶지 않거든. 황태자 전하께서는 아직 위장 괜찮으시냐?

가벼운 투덜거림 뒤, 르웰린이 말을 이었다.

- 야망 있는 사람. 뭐, 그렇게들도 이야기하지. 머리도 좋고, 상당히 지략가인 것 같더라. 그래서 그런지 성격이 이상하다는 건 별로 안 알려진 모양이던데?

"무슨 짓을 했기에 자꾸 성격이 이상하대요?"

- 말했잖아. 또라이라고. 너랑은 좀 결이 다르지만.

"왕자님도 굳이 따지자면 또라이 부류에 끼는데."

- 시끄러워, 이 자식아. 어쨌든, 원하는 건 무슨 수를 써서라도 손에 넣어야 직성이 풀리고, 충언을 올리는 신하들의 말을 듣는 척하면서, 뒤로는 온갖 더러운 방법으로 복수한대. 증거 인멸도 철저하게 해서 다들 항의조차 못 한다고 했어.

"흐음……."

오만하고, 야망 있으며, 인덕 또한 없다. 이대로 왕이 된다면 폭군이 될 게 분명한 타입.

얄팍한 키워드였지만 없는 것보다는 나을 것이다.

- 이번 회담 때문에 묻는 거지? 우리 왕국은 참석 안 하기로 했으니까…… 거기서 뭐라도 나오면 우리한테도 꼭 알려 줘라.

"뭐, 생각은 해 볼게요."

- 야, 우리 사이에 그러기야? 내가 이렇게까지 열심히 이야기해 줬는데!

"썩 도움도 안 됐으면서. 이만 통신 끊습니다."

― 야, 야!

 통신구 너머에서 르웰린이 칭얼댔지만, 아렌트는 무시하고 통신을 끊어 버렸다.

 정황상 의심 가는 것은 많으나 아직 확정된 건 아무것도 없었다.

 그렇다면 이쪽이 취해야 할 자세는…… 뭐, 별거 있나.

 그놈이 뭘 노리든 상관없었다.

 황태자가 거슬린다고 말했으니 치워 주는 것도 기사의 도리일 테니, 겸사겸사 탈탈 털어서 정보를 캐내는 것도 괜찮을 것이다.

* * *

"제가 말씀드렸지요? 알로이스 저하. 모든 게 다 잘될 거라고요."

 듣기 좋은 음성이 홀에 울려 퍼졌다.

 알로이스 네펠리는 웃음기 섞인 어조로 말을 걸어오는 그가 마음에 들지 않는다는 듯 쯧, 혀를 찼다.

"지금까지는 그랬지. 하지만 앞으로 어떻게 될지는 모르는 일이다."

"저를 못 믿으십니까?"

"못 믿겠는데."

알로이스의 대답에 상대는 피식, 웃음을 터뜨렸다.
"그런 것치곤 저의 제안을 제법 쉽게 받아들이신 것 같은데요."
"나쁘지 않은 이야기였으니까. 하지만 너를 신뢰하는 것과는 다른 문제지, 렉시온."
"하여간, 까칠하시다니까."
렉시온이라 불린 남자가 괜히 투덜거리는 척을 해 보였지만 알로이스는 더욱 언짢아질 뿐이었다.
"전하의 옥체에 해가 가는 게 아니라는 건 분명하겠지?"
"물론입니다. 전하께서는 무사히 깨어나실 거예요. 나중에 왕국이 달라진 모습을 직접 보시면 더 이상 왕세자 저하의 뜻에 반대하지 않으실 겁니다."
"……."
알로이스는 렉시온을 곱지 않은 눈길로 노려보았다. 하지만 렉시온은 그저 빙그레 미소 지으며 그 시선을 고스란히 받아들일 뿐이었다.
곱게 휘어지는 눈매는 아무리 자주 봐도 정감 가지 않았다. 언제나 요사스러운 미소를 매단 입매도, 다소 과장된 듯한 몸짓 하나조차도 마음에 들지 않는다.
그런데도 그를 옆에 두는 것은, 쓸모가 있다는 것만큼은 확실한 탓이었다.

알게 된 것은 얼마 되지 않았고, 첫인상부터 최악인 놈이었지만, 단 한 가지만큼은 확신이 섰다.

 저놈은 자신의 야망을 이루어 줄 것이라고.

 "회담에는 동생분도 동행하신다지요?"

 "혼자 가려고 했는데, 고집이 좀 세야지. 멍청한 녀석이니 별문제 없을 거야."

 짜증스럽게 대꾸한 알로이스가 고개를 삐딱하게 꺾었다.

 "너는 안 가는 거지?"

 "네, 지난번에 말씀드렸다시피…… 이번 일은 왕세자 저하께 전적으로 부탁드리고 싶습니다."

 렉시온이 빙그레 미소 지었다.

 "칼리온 제국의 견습 기사를 죽여 주시면 됩니다."

 "견습 기사가 그런 자리까지 따라오다니, 웃기지도 않는군. 너 같은 놈에게 노려지는 것도 웃기고. 제국 내에서 제법 입지가 있는 녀석인 모양이지?"

 "입지가 있다 뿐인가요. 칼리온 제국의 황태자, 칸타레스 알 칼리온 전하의 심복이라는 이야기도 있습니다."

 "그 녀석을 죽이기만 하면 우리 거래는 성사인가?"

 "네, 그렇습니다."

 "어린애 하나 어떻게 못 해서 이런 변두리까지 찾아오다니, 너희들도 알 만하군."

피식 비웃음을 흘린 알로이스가 어깨를 으쓱했다.

"악신이라는 것도 그리 대단하지는 않은가 봐?"

"말씀은 주의하시는 게 좋으실 겁니다, 알로이스 저하. 이미 네펠레 왕국에 그분의 시선이 닿았으니까요."

명백한 도발이었지만, 렉시온은 표정 하나 변하지 않은 채 느긋하게 대답할 뿐이었다.

"빛이 생명을 표방하는 지금, 어둠은 순식간에 죽음을 몰고 올 존재지요. 우리의 힘이라면 이런 왕국쯤이야 단숨에 먼지로 만들어 버릴 수 있습니다."

"……."

"그 힘을 지금, 네펠레 왕국에 빌려드리는 것인데, 세상을 손안에 넣고 싶으셨던 것 아니셨습니까, 저하?"

새하얀 낯 위에 선명한 미소가 드리우는 것을 물끄러미 바라보던 알로이스는 결국 쯧, 혀를 차며 먼저 시선을 피해 버렸다.

"……그런 힘이 있다면, 어째서 눈에 거슬리는 애새끼 하나 죽이지 못해서 이 안달이지?"

"그게 말이죠. 영 만만찮은 상대라서 말입니다."

렉시온은 언짢은 기색도 드리우지 않고 입맛을 다시는 시늉을 해 보였다.

"온갖 방법을 써 봤는데, 매번 기가 막히게 빠져나가더군요. 되레 이쪽이 얻어맞은 게 몇 차례인지. 그러니 이

제 방식을 바꿔야지요."

"바꾸겠다는 방법이 대리인을 내세우는 건가?"

"그자는 이상할 정도로 우리를 잘 아니까요."

키득키득 웃음을 터뜨린 남자는 여유롭게 다리를 꼬며 입가에 곡선을 드리웠다.

"라이오스 드 윈프리드까지는 바라지도 않습니다. 그 견습 기사를 치워 버리는 데에만 성공하셔도 분명 제국은 혼란에 빠질 겁니다."

"어린 기사를 상대로 너무 과한 평가 같은데."

"하지만 사실인걸요."

렉시온이 시무룩한 척 눈썹을 휘었다.

"그러니 부탁드립니다. 성녀님께서는 네펠레 왕국과 좋은 관계를 맺는 걸 바라시니까요."

"알겠어. 하지만 난 신을 모실 생각은 추호도 없으니, 그 점만은 확실히 해 두지."

"그럼요. 저희는 그저 서로 필요한 걸 주고받을 뿐이니 말입니다. 저하께서는 칼리온 제국이 혼란스러워진 틈을 타서 네펠레의 이름을 널리 알리시면 되는 겁니다."

"너희들은 신의 복수를 하고?"

"그렇지요."

국왕을 잠재운 것과 아렌트 폰 에크하르트를 죽이는 것. 그게 서로에게 지불하는 계약금이었다.

"사람은 넉넉하게 붙여 드리겠지만, 주의하시는 게 좋으실 겁니다. 그리고 거듭 말씀드리지만 호락호락하지 않아요."

"그대야말로 나를 너무 못 믿는 것 아닌가? 상대가 토끼일지라도 방심할 생각은 전혀 없어."

"그 점이 문제라는 겁니다. 그는 토끼가 아니니까요."

이해할 수 없는 말에 알로이스가 미간을 찌푸렸다.

"그게 무슨 뜻이지?"

"말 그대로입니다. 아렌트 폰 에크하르트는 고작 토끼가 아닙니다. 토끼인 척하는 범이라면 모를까."

"……지나치게 몸을 사리는 줄로만 알았는데, 그게 아니었군."

다소 가라앉은 렉시온의 음성에 그제야 왕세자가 얼굴을 굳혔다.

"예. 그러니 그를 죽이고, 그가 훔쳐 간 성물을 되찾아 주십시오."

"뭐, 좋아. 애초에 그놈 하나만으로 만족할 생각도 없으니까."

가능하다면 라이오스 드 윈프리드까지 처리해 버릴 계획이었다.

현재 제국은 지나치게 평화에 젖어 있었다. 라이오스 단장만 없애 버리면 온실 속의 화초들만 남을 뿐. 그렇게 되면 외부에 무력을 투사하는 데도 어려움이 생길 터.

왕세자의 포부를 들은 렉시온이 만족스럽게 고개를 끄덕였다.

"모쪼록 무탈하게 여정을 마치시길. 악신 님의 축복이 알로이스 저하의 앞길을 부드럽게 감싸 주시길 바랍니다."

"축복 같은 건 집어 치워. 신 따위에게 기댈 생각은 없으니까."

"그러셨죠, 참."

그 말에 대꾸조차 하지 않은 채, 알로이스는 몸을 휙 돌려 버렸다.

얼굴에서 미소를 지운 렉시온이, 응접실을 빠져나가는 왕세자의 뒷모습을 싸늘하게 바라보았다.

쿵, 소리와 함께 문이 닫히고, 혼자 남게 된 그가 짧게 읊조렸다.

"멍청한 철부지 왕세자께 신의 자비가 함께하길."

* * *

드디어 출발 당일.

화려하기 그지없는 사절단이 출궁 준비를 마쳤다.

새하얀 백마 8마리가 끄는 황태자 전용 마차가 일행의

선두에 서고, 마차 주변을 말을 탄 기사들이 호위하며, 그 뒤로 루카인 왕국에 전달할 선물을 실은 짐마차, 그리고 시종들이 탄 마차가 따르는 식이었다.

"와, 진짜 돈지랄도……."

"너 제발 주둥이 좀 안 다물래?"

아렌트가 자신의 말을 잡아끌며 투덜거리자 아서가 작게 으르렁거렸다. 하지만 아렌트는 제 발언을 철회할 생각이 없었다.

본의 아니게 귀족가 도련님 역할을 떠맡으며 사치 부리는 생활에도 익숙해져 갔다지만, 황실 행사에 동원되는 번쩍번쩍한 황금과 온갖 사치품들은 좀처럼 적응하기 힘들었다.

평소에 허물없이 지내다 보니 종종 잊어버리지만, 저 제국의 적장자는 날 때부터 사치의 최정점에 설 운명을 타고난 인간이었다.

"너 되게 아니꼽다는 듯 쳐다보고 있다?"

"티 났어요?"

"숨길 생각도 없었던 거 아니냐?"

"그렇긴 하죠."

아서가 어이없이 하는 말에 아렌트는 그냥 어깨를 으쓱해 보일 뿐이었다.

그때, 앞에 서 있던 리히트가 두 사람을 날카롭게 째려

보았다.

"두 사람, 쓸데없이 떠들지 마라."

그때, 황태자가 탄 마차의 마부와 말 몇 마디를 주고받던 라이오스가 일행을 향해 손을 크게 흔들었다.

드디어 출발한다는 신호였다.

"근데 아무리 생각해 봐도 돈지……."

"부탁인데, 제발 좀 닥쳐."

* * *

새삼 느낀 것은, 칼리온 제국 황실이 제국민에게 사랑받는다는 거였다.

일행은 황궁을 출발할 때부터 행차에 방해되지 않도록, 큰길 양옆으로 가득 선 인파와 마주했다.

신의 축복을 빌어 주며, 심지어는 황태자가 탄 마차 앞으로 꽃을 뿌리는 이들도 있었다.

칼리온 제국 황실은 아직도 영웅의 후예로서 사람들의 마음속에 깊이 각인되어 있는 것이다.

그 광경을 별 감흥 없이 보며, 아렌트는 앞서가는 화려한 마차 쪽을 주시했다.

사람들의 환호에 응답하려는 것인지, 황태자는 창문을 열고 자신의 모습을 내보인 채 바깥을 향해 손을 흔들어 주었다. 평소 구박받으며 짜증을 터뜨리는 모습은 온데 간데없고, 거기에는 위엄 있는 황태자만이 존재했다.

그리고 그 모습을 지켜보는 아렌트의 감상은…….

'암살당하기 딱 좋은 모양새군.'

이랬다.

바로 옆에 괴물 같은 기사들이 바글거리니 꿈도 못 꿀 일이긴 하지만.

그런 아렌트의 감상을 뒤로한 채 황태자를 수행하는 일행들은 느릿느릿 이동을 했다. 숱한 인파 덕분에 황성을 빠져나가는 데에도 제법 많은 시간이 걸리긴 했지만.

성을 완전히 벗어나고, 민가가 없는 평야까지 다다라서야 일행은 어느 정도 속도를 낼 수 있었다.

그리고, 루카인 왕국까지 지루하고 긴 여정이 이어졌다.

매번 지나치는 도시마다 황태자 행차 소식에 인파가 몰렸으며, 급기야는 칸타레스가 도시에 들르지 말고 야영하자며 명을 내릴 정도였다.

"괜찮으시겠습니까?"

"나도 황태자 교육받을 때 야영 정도는 해 봤어. 그리고, 지금은 그렇게 하는 쪽이 좀 더 편하게 쉴 수 있을 것 같아."

황태자는 어쩐지 지친 기색으로 손을 휘휘 내저었다.

사람들 앞에서 생글대며 손을 흔들어 주는 일도 하루 이틀이지, 며칠씩이나 계속되니 슬슬 피곤해진 모양이었다.

그렇게 그날, 야영이 결정되었다.

말이 야영이지, 많은 인원을 수용할 수 있는 천막이 모두 준비되자 아무것도 없는 허허벌판에 갑자기 마을이 하나 뚝딱 생긴 것 같았다.

특히나 황태자의 천막은 겉면부터 으리으리하고 화려하게 꾸며져 있어, 황태자 집무실을 작게 축소한 듯한 모습이었다.

그 모양새를 계속 말없이 지켜보던 아렌트는 며칠 전부터 하던 생각을 드디어 입 밖으로 꺼냈다.

"여차하는 순간에 암살당하기 딱 좋겠네요, 진짜."

"……."

저녁 식사가 끝난 뒤, 바깥 공기를 즐겨 보겠다며 바람을 쐬러 나온 황태자에게 직접 그리 말한 것이다.

"……너 혹시 나 암살하고 싶냐?"

"아직은 그럴 생각 없긴 한데요. 혹시 모르죠. 나중에라도 그럴 계획이 생길지."

모닥불 앞에 선 아렌트가 느긋하게 대답했다.

"계획이 생기면 최대한 빨리 말해 줘라. 라이오스 단장한테 일러바치게."

"알겠습니다. 소리 소문 없이 처리해 드릴게요."

황태자와 일개 견습 기사가 나누기에는 상당히 살벌한 농담이 한차례 오갔다.

　그러거나 말거나 기사들은 불침번 순서를 정하느라 바쁘게 오갔고, 시종들은 저녁 식사가 끝난 후 뒷정리를 하느라 여념이 없었지만.

　팔짱을 끼고 삐딱하게 선 아렌트는 모닥불을 멀뚱멀뚱 들여다보기만 했다.

"왜 여기서 혼자 멍하니 있어?"

"오해하지 마시죠. 멍하니 있는 게 아니라, 저도 나름대로 경계 서는 겁니다. 여기가 제 담당 구역이고요."

　칸타레스는 시큰둥하게 대답하는 견습 기사의 옆얼굴을 유심히 살폈지만 늘 그렇듯, 무슨 생각을 하는지 읽어내기란 불가능했다.

"무슨 생각하는데?"

"별로. 여기에 고기 구워 먹으면 맛있겠다는 생각."

"……배고프냐?"

"조금?"

　역시나 이번에도 실없는 주고받음이 오갔다. 그러면서도 아렌트는 커다란 모닥불에서 눈길을 떼지 않았다.

　아닌 척하고 있지만, 황성에서 점점 멀어지면 멀어질수록 신경이 곤두서고 있었다.

　사람들 앞에 나선 황태자가 위태로워 보인 것도 아마

이것 때문일 것이다.

'묘하게 거슬리는데…….'

무시 못 할 정도는 아니었지만, 은근하게 신경 줄을 건드리는 게 슬슬 짜증이 나려고 했다.

'시선인가?'

그렇게 짐작할 뿐이지만, 근처에 있는 수많은 인원 중에서 딱 하나를 잡아내는 건 쉬운 일이 아니었다.

게다가 노골적으로 살기를 띠지도 않고, 기사들이 바글대는 이곳에서 제법 능숙하게 제 존재를 지우는 것을 보면 상당한 실력자일 것이다.

'다른 선배들은 못 알아차린 것 같고.'

라이오스도 선뜻 야영을 허락한 것을 보면 아무것도 감지하지 못한 모양이었다.

한데 재미있는 건, 정작 칸타레스를 바로 곁에 두고 있는 지금은 시선이 전혀 느껴지지 않았다.

만약 황태자에게 해가 갈 만한 일이 생겼다면 벌써 라이오스가 칼을 뽑고 날아왔을 터.

그 말인즉슨, 모두가 황태자 호위에 집중한 지금 쓸데없는 경계를 사고 싶지 않다는 뜻이었다.

'즉, 목표는 황태자 전하가 아니라…….'

나군.

거기까지 생각이 미치자 약간 날이 섰던 마음이 다시

편안해졌다.

아렌트는 주머니에서 과자를 꺼내 입안에 하나 쏙, 던져 넣었다.

"전하."

"왜."

"망나니를 상대하는 데는 망나니가 제격이겠죠?"

"뭐?"

뜬금없는 말에 황태자는 잠깐 당황했다.

"……잠깐만. 너 또 무슨 꿍꿍이인데?"

"아직은 아무것도 없는데요. 굳이 따지자면 꿍꿍이를 구상 중입니다. 그래도 상대가 왕세자인데, 나름대로 선을 지켜야 할 것 같아서."

"……."

선을 지키겠다는 말이 왜 저렇게 불길하게 들리는지.

칸타레스의 동요를 알아차린 아렌트가 드디어 시선을 들어 그를 바라보았다.

"저한테 부탁하셨다는 건, 평화로운 해결책은 애초부터 버리셨다는 뜻 아니었어요?"

"그건…… 그렇지."

어떤 일이든 아렌트를 던져 넣으면 금세 현장이 아수라장으로 변하곤 한다. 이제 황궁의 모두가 그 사실을 알고, 황태자는 때때로 그것을 노리고서 아렌트를 움직이기도 했다.

하지만 그럼에도…… 곰곰이 생각하다 혼자 히죽대는 꼴을 보면 이렇게도 마음이 불안해지는 것이다.

"잠깐만. 아직 아무것도 모른다면서?"

"그렇긴 하지만 마음의 준비 정도는 해 두는 게 좋잖습니까."

가볍게 대꾸하며 아렌트가 제 습관대로 어깨를 으쓱했다. 그 꼴을 보며 칸타레스가 어색하게 웃었다.

"마음의 준비를 해야 할 사람은 나 같은데."

"뭐, 그것도 맞는 말이고."

다시 활활 타는 모닥불로 시선을 주며 아렌트가 심드렁하니 답했다.

"그래도 하나는 확실해졌습니다."

"뭐가, 이 자식아."

"제가 생각보다 더 잘났다는 거요."

의미 모를 한마디를 던지며 아렌트는 칸타레스에게 과자 하나를 건네주었다.

황태자의 눈동자에 황당함이 가득 들어찼다.

* * *

그 묘한 기척은 루카인 왕국에 도착할 때까지도 이따금

씩 따라붙었다.

"선배, 무슨 기척 안 느껴져요?"

"글쎄, 잘 모르겠는데."

아서에게도 물었지만 이런 대답이 돌아올 뿐이었다.

결코 둔한 편이 아닌 그조차도 반응이 미적지근한 것을 보니, 일행 틈에 숨어서 아렌트만을 힐끔대는 모양이었다.

"왜. 뭐 수상한 거라도 있어?"

"글쎄요, 별거 아니에요."

누군가와 어울릴 때는 귀신같이 시선이 사라지기까지 하니, 목표가 누구인지는 이제 확실해졌다.

'이거 의외로 재밌는데.'

이 일에 알로이스 왕세자가 엮여 있고, 놈들의 목표가 자신이라면, 그게 뜻하는 바는 단 하나였다.

알로이스 왕세자…… 혹은 네펠레 왕국 뒤에 체르니온교가 숨어 있는 것이다.

이걸 황태자나 라이오스에게 귀띔해야 하나 잠시 고민했지만, 의외로 먼저 다가온 것은 라이오스 쪽이었다.

이동 중 쉬는 시간, 아렌트를 찾아온 라이오스가 뜬금없이 한마디를 꺼낸 것이다.

"알고 있나?"

"뭐를요?"

"황성을 떠나온 뒤부터 네 뒤로 시선이 따라오고 있다."

다른 기사들의 눈은 속였지만 역시 라이오스의 기감을 피할 수는 없었던 모양이다.

아렌트는 새삼스럽게 제 단장을 올려다보았다.

"그 눈은 뭐냐."

"알아차리셨으면서도 지금껏 가만히 계신 게 놀라워서요. 지금쯤이면 일행을 멈춰 세우고 범인을 찾아내겠다며 난리를 피워도 이상하지 않은데?"

"……."

라이오스의 눈썹이 꿈틀, 움직였다. 하지만 그는 곧 평정심을 되찾고 담담하게 답을 내주었다.

"네가 알고도 상황을 살피는 것 같아서. 혹시 이번에 황태자 전하께서 네게 맡긴 일과 관련 있나?"

"뭐야. 그것도 알고 있었어요?"

"전하께서 널 따로 불러내셨으니까."

"이야, 단장님. 드디어 눈치라는 게 조금 생기셨습니까?"

순수한 감탄사를 터뜨리는 견습 기사를 한 대 쥐어박고 싶었으나, 라이오스는 이번에도 인내심을 발휘했다.

"앞으로 하루면 루카인 왕국 내로 진입한다. 위험한 상황이 생길 것 같으면 미리 말해라."

"제가 위험한 상황이요? 아니면 제가 누군가를 위험하게 만드는 상황?"

"양쪽 다."

"농담이 느셨네요."

"농담 아니다."

꽁.

기어코 아렌트의 이마에 알밤을 놓은 라이오스는 다시 제자리로 돌아갔다.

얻어맞은 곳을 짜증스레 매만지던 아렌트 역시 자신의 위치로 향했다.

그리고 다음 날.

라이오스가 예고한 대로 일행은 루카인 왕국의 국경에 발을 들일 수 있었다.

왕성으로 입성하자마자 출궁할 때와 마찬가지로 엄청난 환영 인파가 황태자를 맞이했다.

"칼리온 제국의 황태자 전하시다!"

"칸타레스 알 칼리온 황태자 전하 만세!"

열렬하게 손을 흔들며 꽃가루를 뿌려 주는 인파를 뚫고 성안으로 들어가자, 루카인 왕국의 왕세자가 직접 나와 황태자를 맞이해 주었다.

"루체 신의 영광이 함께하시길. 황태자 전하, 이리 또 만나 뵙게 되어서 무척이나 기쁩니다."

"오랜만에 뵙습니다, 왕세자. 그간 잘 지내셨습니까?"

해사하게 웃는 왕세자, 빅토르 델 루카인이 악수를 청

하자 칸타레스 역시 손을 마주 잡아 주었다.

20대 중후반쯤 되었을까, 칸타레스보다 다소 앳되어 보이는 얼굴에서는 선량함과 부드러움이 느껴졌다. 스스럼없이 대하는 칸타레스의 태도에서도 그를 향한 호감이 느껴졌다.

빅토르는 황태자 뒤에 시립한 기사들을 향해 똑바로 섰다.

"먼 길 오시느라 고생 많으셨습니다. 숙소를 준비해 두었으니, 시종들을 따라가셔서 여독을 푸시면 되겠습니다. 필요한 것이 있다면 얼마든지 말씀해 주십시오."

"호의에 감사드립니다, 왕세자 저하."

대표로 나선 라이오스가 정중하게 허리를 숙여서 예를 표하자 황태자가 명령했다.

"나는 이대로 국왕 전하를 뵈러 갈 테니, 필수 경호 인력만 남고 기사단은 잠시 쉬도록. 여정 동안 고생했다."

"예, 명을 받듭니다."

왕세자는 자신의 보좌관에게 기사단 안내 및 몇몇 지시 사항을 전달하고는, 황태자와 함께 왕궁 안으로 사라졌다.

또다시 환영사를 늘어놓는 보좌관의 말을 흘려들으며, 아렌트는 주변을 힐끗 둘러보았다.

왕궁 안에 들어선 순간, 지금껏 따라붙던 시선이 귀신

같이 사라졌다.

'제 편으로 복귀했나?'

이미 적은 루카인 왕궁 안에 숨어 있다고 봐도 무방할 터였다. 무슨 일이 터지더라도 왕궁 내부에서 일어나겠지.

'얄팍한 수작질이군.'

하지만 수작질과 머리싸움에서는 지지 않을 자신이 있었다.

게다가 이렇게 제 의도를 훤히 밝혀 오는 상대라면 한바탕 놀아 주는 것도 어렵지 않을 터.

아무래도 황태자가 염려하던 것 이상으로 재미있는 일이 벌어질 것 같았다.

* * *

전쟁으로 한 번 다 같이 망했다가 비슷한 시기에 재건되어 서로 오래 교류해 온 덕인지, 다른 나라라고 하더라도 문화적으로 큰 차이는 느껴지지 않았다.

미묘한 발음의 차이만 있을 뿐 언어도 거의 같았고, 왕궁의 건축 양식이나 사람들의 복식도 거의 비슷했다.

그래도 한 가지 이 나라만의 특이한 짐을 꼽자면 역시 음식이었다.

처음 보는 요리들은 손님들의 눈과 입을 즐겁게 해 주었다.

"……잘 먹네, 너."

디저트까지 입에 쏙 넣고 오물대는 아렌트를 보며, 칸타레스가 어색하게 입꼬리를 올렸다.

생각해 보면 저놈은 여정 중에도 틈틈이 군것질을 빼먹지 않았다.

과자를 하나 더 입에 넣은 아렌트가 시큰둥하게 대답했다.

"전하께서도 지하 감옥에서 눅눅한 빵만 며칠 동안 드셔 보세요. 식사가 얼마나 중요한 일인지 아시게 될 테니."

"그건 사양하지."

"아쉽습니다."

지하 감옥보다는, 원룸에서 인스턴트만 먹고 산 세월의 영향이 크겠지만.

아렌트가 열심히 다과를 해치우고 있는 이 모임은 원래라면 각 나라의 대표급만이 참석할 수 있었지만, 아렌트와 라이오스는 칸타레스의 호위 자격으로 동석할 수 있었다.

"저 사람이야. 알로이스 왕세자."

"흐음."

마카롱을 입에 쏙 넣고, 아렌트는 칸타레스가 가리키는 쪽을 보았다.

루카인 왕국의 왕세자, 빅토르와 담소를 나누는 남자가 보였다.

누가 왕족 아니랄까 봐 그럭저럭 잘생긴 옆얼굴은 잘 가다듬은 예의와 섞여 일견 괜찮아 보였지만, 아렌트 눈에는 뒤집어쓴 가면이 그대로 보이고 있었다.

'르웰린 왕자랑 정반대군.'

정돈된 어조나 몸가짐은 분명히 훌륭한 왕세자다운 것이었지만, 빅토르와 대화를 나누는 중에도 곳곳을 탐색하는 눈동자에서는 미처 숨기지 못한 날카로움이 느껴졌다.

"뒤에 있는 사람은요?"

"3왕자, 마티어스 님이시다."

이번 대답은 라이오스에게서 돌아왔다.

"알로이스 왕세자 저하와 동행하신 것 같군."

"흠……"

알로이스와는 달리, 마티어스는 왕족치고 상당히 위축된 모습이었다.

"사이가 썩 좋지는 않은 것 같네요."

"알로이스 왕세자는 공포 정치로 왕궁을 장악한 것과 마찬가지니까. 서열 싸움에서 밀린 다음에는, 왕세자 앞에 납작 엎드리는 수밖에 없지."

"납작 엎드린다…… 라."

아렌트는 칸타레스의 뒤이어진 설명을 입안에서 되뇌어 보았다.

"왜. 뭐 걸리는 거라도 있어?"

"아뇨, 그냥."

잠깐 뜸을 들이며 고민하던 견습 기사는 가볍게 덧붙였다.

"나름 왕자라는 사람이 그렇게까지 고분고분할까 싶어서요."

지렁이도 밟으면 꿈틀하는 법인데.

하지만 그 말을 입 밖으로 내뱉을 기회는 없었다.

알로이스 왕세자가 그들을 향해 시선을 준 것이다.

왕세자가 빙그레 미소 지으며 다가오기 시작하자 칸타레스가 목소리를 죽여 속닥댔다.

"저 녀석, 아무래도 너한테 관심이 있는 것 같은데."

"이놈의 인기란."

"……."

황태자와 부하의 실없는 대화에 라이오스가 떨떠름한 얼굴을 했다.

그러는 사이, 어느새 가까이 다가온 알로이스가 황태자를 향해 가볍게 묵례했다. 라이오스와 아렌트 역시 뒤로 몇 걸음 물러나 왕세자를 향해 예의를 차렸다.

"오랜만에 뵙습니다, 황태자 전하."

"왕세자, 오랜만입니다. 얼굴이 좋아 보여서 다행이군요."

방금까지 주워섬기던 말은 거짓말이었다는 듯, 칸타레스가 사람 좋은 미소를 만면에 띠우며 그에게 손을 내밀었다.

"이게 다 황태자 전하께서 신경 써 주신 덕분입니다."

"마티어스 왕자도 오랜만입니다."

"예, 예! 기억해 주셔서 감사합니다, 황태자 전하."

마티어스가 화들짝 놀라며 급히 고개를 숙였다. 그런 동생을 한 번 흘겨본 알로이스는 칸타레스 뒤의 두 사람에게도 시선을 주었다.

"전하 뒤에 있는 둘은…… 명성이 자자한 라이오스 드 윈프리드 단장이군요. 곁은 아렌트 폰 에크하르트 견습 기사, 맞습니까?"

"만나 뵙게 되어 반갑습니다, 왕세자 저하."

아렌트를 뒤에 둔 채, 라이오스가 한 발짝 앞으로 나섰다.

"라이오스 단장의 활약상은 익히 들었지. 앞으로가 기대되는군."

"감사합니다."

무뚝뚝하게 대답하는 라이오스에게 고개를 끄덕여 주

던 알로이스는 무심코 시선을 돌리려다 아렌트와 정면으로 눈이 마주치고 말았다.

이쪽을 똑바로 바라봐 오는 서늘한 황금색 눈동자에 알로이스는 저도 모르게 멈칫했다.

그리고 다음 순간.

씨이익, 놈의 고운 입가에 삐뚜름한 미소가 드리웠다.

"일국의 왕세자께서 저 같은 견습 기사, 의 이름까지 기억해 주시다니. 영광입니다, 알로이스 저하."

"……."

분명 어휘 자체는 예의 바르고 정중하기 그지없었다. 하지만 놈의 눈빛에서는 사람을 비웃는 듯한 기색이 고스란히 드러났다.

"왕세자?"

갑자기 알로이스의 얼굴이 딱딱하게 굳어지자 칸타레스가 의아하게 불렀다.

그 목소리에 퍼뜩 정신을 차린 알로이스가 애써 미소를 지었다.

"듣던 대로 멋진 기사들을 두셨습니다, 전하. 조만간 더 길게 대화를 나눌 수 있을 날을 고대하겠습니다."

"나도 마찬가지야. 다음에 제국에 방문하면 멋지게 대접하지."

칸타레스가 시원스레 웃어 보이자, 왕세자는 한 번 더

고개를 숙이는 것으로 예를 표하고는 자리를 떠 버렸다.

덕분에 덩그러니 남겨진 마티어스 왕자가 당황해 제 형과 황태자를 번갈아 바라보았다.

"왜 그럽니까, 왕자? 뭔가 할 말이라도?"

"그, 외람되지만, 전하……."

"마티어스!"

우물쭈물하던 마티어스가 간신히 입을 열었을 때, 왕세자가 그를 날카롭게 불렀다.

결국 왕자는 말을 끝까지 마치지 못하고 고개를 꾸벅 숙인 뒤 후다닥, 알로이스의 뒤를 따라야 했다.

두 사람이 충분히 멀어지자, 칸타레스가 먼저 운을 뗐다.

"삼 왕자는 아무래도 할 말이 많아 보이는데."

"이렇게 되니 역시 고리타분한 시나리오밖에 떠오르지 않네요."

알로이스 네펠레.

거만하고, 예민하며, 사냥감을 굳이 두 눈으로 확인하고 싶어 하는 면에서는 자기 과시욕이 느껴졌다.

그렇다면 이쪽도 굳이 겸양 떨 필요는 없을 터.

칸타레스가 피식, 입꼬리를 올렸다.

"하긴, 저쪽도 나보다는 너희 둘한테 더 관심이 많아 보이긴 하군. 라이오스야 그렇다고 치더라도 일국의 왕세자가 일개 견습 기사의 이름까지 알고 있다니."

"그러게나 말입니다. 뭘 보여 줄지 기대되는데요. 암살자라도 구경시켜 주려나."

아렌트가 퍽이나 재미있다는 듯 흥얼거렸다.

그를 힐끗 본 라이오스가 입을 열었다.

"아렌트."

"왜요?"

"나중에 아서, 리히트랑 밤 산책이나 하도록. 너희들 숙소 근처, 동쪽 성문이면 더 좋고."

"아…… 밤 산책 말이죠?"

뜬금없는 말에 잠시 눈을 깜빡이던 아렌트는, 곧 슬쩍 미소를 드리우며 고개를 끄덕였다.

* * *

밤 산책은 제법 보람 넘쳤다.

세 사람 다 수확이 양손에 차고 넘쳤으니까.

"몇 명째에요?"

"다섯 명."

"이쪽은 여덟 명이다."

툭, 리히트는 질질 끌고 온 암살자를 바닥에 내던졌다. 아서 역시 그 옆에 자신이 처리한 수확물들을 쌓아 올렸다.

"저도 다섯 명. 다 합쳐서 열여덟이라니, 많기도 하네요."

아렌트 역시 숨이 끊어진 놈들을 아무렇게나 던져 버렸다.

"두 사람도 생포는 못 했어요?"

"제압하려 했더니 바로 자결하더군. 보통 놈들이 아냐."

꽤 한가락 하는 놈들만 모아서 보낸 모양이었다. 그래 봤자 라이오스의 괴물 같은 기감을 피하는 것은 불가능했지만.

"숨죽이고 있다가 새벽에 행동을 개시할 생각이었겠지. 거꾸로 습격당했으니 어안이 벙벙하겠군."

"야, 아렌트. 이놈들은 도대체 뭐야?"

"아마 네펠레 왕국의 왕세자 짓일걸요. 아직 확증은 없지만요."

아렌트가 시큰둥하게 답을 내주었다.

"머리가 영 나쁜 사람이네요. 라이오스 단장님이 있는데 암살자를 보내다니."

"그나저나 네펠레의 왕세자가 암살자를 왜 보내? 잠깐. 그러고 보니 너 여기 오는 길에도 시선이니 뭐니 하는 소리 했잖아. 설마 그때부터 쫓아온 거라고?"

"그걸 이제야 아셨습니까? 그렇게 둔해서 어디다 써먹으려고."

후배의 건방진 타박에도 두 사람은 끙, 앓는 소리밖에

내지 못했다.

틀린 말이 아니었으니까.

"이쯤 되면 누굴 노렸는지도 대충 짐작할 만한데……."

"뒤에 뭐가 있는지도 알겠군."

아서가 말끝을 흐리는 것을 리히트가 받아 문장을 완성한 뒤, 두 사람의 시선이 자연스레 아렌트를 향했다.

이런 귀찮은 짓까지 벌여 가며 저놈을 노릴 놈들은 딱 하나밖에 없지 않은가.

리히트가 떨떠름하게 중얼거렸다.

"그렇게 호되게 당해 놓고…… 아직도 저놈에게 시비 걸 생각을 하다니."

"그러게나 말입니다. 그동안 험한 꼴 본 사람이 얼마나 많은데. 이쯤 되면 용기가 아니라 만용 아닌가?"

"새삼스럽지도 않지만, 진짜 제 걱정이라고는 눈곱만치도 안 하시네요."

아서까지 덩달아 그렇게 말하자 아렌트가 어처구니없다는 듯 투덜거렸다.

하지만 그것도 잠시, 그는 다시 무더기로 쌓인 '수확물' 쪽으로 눈길을 주었다.

놈들의 주머니에서는 늘 보던 투명화 스크롤이 함께 있었다.

악신교의 조무래기들이 으레 사용하던 방식이었다.

스크롤을 사용한 채로 한꺼번에 달려들었다면 어떻게든 처리야 했겠지만 제법 골치가 아플 뻔했다.

'그렇다고 해도 너무 대담한데.'

어차피 견습 기사 하나라는 건가.

어떤 속셈이었는지는 감이 잡혔다.

왕족이 바글거리고, 황태자까지 있는 자리에서, 견습 기사 한 명의 죽음이야 큰 이슈거리도 되지 않을 테니까.

게다가 사주한 자신 역시 왕세자이니, 혹여 일이 잘못되었다고 하더라도 자신이 아니라며 뻔뻔하게 밀고 나갈 생각이겠지.

더럽고 치사하지만, 그게 바로 신분의 차이라는 거였다.

여차하면 '견습 기사가 목숨을 바쳐서 이곳의 귀빈들을 구해 냈다.'는 식으로 몰아가는 연출도 가능할 터.

암살자들의 침입을 허용한 루카인 왕국도 책임을 면치 못할 테고, 그런 식으로 수사의 논점을 흐려서 자신은 미꾸라지처럼 빠져나갔을 것이다.

'그렇게는 안 되지.'

그쪽의 시나리오는 이미 망가졌으니, 이쪽에서 더 재미있는 이야기를 보여 주는 수밖에.

아렌트의 입가에 슬쩍 미소가 드리웠다.

마티어스 왕자.

왕세자를 두려워하며 뒤꽁무니를 졸졸 따라다니면서도, 차마 불안감을 감추지 못하던 그의 모습이 떠올랐다.

그 정도면 먹잇감으로 아주 충분했다.

"그나저나 시신은 어떻게 정리해? 이대로 놔두면 소동이 벌어질 텐데. 일단 왕실 측에 보고해야……."

산처럼 쌓인 암살자들을 내려다보던 아서는 습관적으로 아렌트의 표정을 확인하고는 흠칫, 몸을 떨었다.

"……아렌트."

"왜요?"

"재미있는 거 생각났다는 얼굴 하지 마라. 이쯤 되면 무섭다."

마침 같은 것을 발견한 리히트가 심히 껄끄럽다는 어조로 은근히 말을 걸었다.

하지만 상대는 아렌트. 씨알도 먹힐 리 없었다.

"소동이라, 그거 좋네요."

계산을 끝낸 아렌트가 상쾌한 얼굴로 두 선배를 돌아보았다.

"선배들, 손 좀 빌려주시죠. 미리 말씀드리겠지만, 이건 황태자 전하께서 부탁하신 일의 연장선이니까요."

"……또 뭘 하려고?"

"설명은 나중에 천천히 해 드릴게요. 그러니까 우선."

아렌트는 툭툭, 발치에 쓰러진 암살자들을 걷어찼다.

"이놈들부터 옮기자고요."

"옮기다니."

"어디로?"

아서와 리히트가 눈을 휘둥그레 뜨자 아렌트의 입가에 씨이익, 짓궂은 미소가 피어났다.

"황태자 전하 방으로요."

"……."

"……."

두 기사의 얼굴이 참혹하게 일그러졌다.

이제 와서는 새삼 퍼부을 욕설도 나오지 않는 눈치였다.

왕세자가 견습 기사를 건드리는 건, 그래…… 어쩌면 큰일이 아닐지도 모른다.

하지만 상대가 황태자라면?

알로이스에게 엿을 먹일 수 있다는 것은 물론, 겁에 잔뜩 질린 누군가를 그 무엇보다도 효과적으로 협박할 만한 수단이 되어 줄 것이다.

그 왕세자는 '상식'적으로 생각했을 때 결과가 어떻게 나오든 자기 한 몸 정도는 뺄 수 있다고 생각했겠지만.

유감스럽게도 상대는 상식적이지 않은 견습 기사니까.

설마하니 견습 기사가 황태사가 거하는 귀빈용 숙소에 암살자들의 시신을 던져 놓는다는 것 따윈 꿈에도 생각하지 못했을 것이다.

"태생부터 위에 있던 분들이 아랫것들 생각을 어떻게 알겠어요?"

"제발 좀 닥쳐."

* * *

그리고, 다음 날.

"간밤, 칸타레스 알 칼리온 황태자 전하께서 습격당하셨습니다."

회담장에 각국의 대표들이 모두 모인 자리에서, 루카인 왕국의 왕세자 빅토르가 딱딱하게 굳은 얼굴로 뜻밖의 소식을 전했다.

"정체불명의 암살자들이 황태자 전하의 숙소를 덮쳤습니다. 자세한 진상은 파악 중입니다."

"……."

얼음물을 끼얹은 듯 싸늘한 침묵이 감돌았다.

뭐라 선뜻 말을 꺼내기 힘든 상황에, 누군가가 홀린 듯이 중얼거렸다.

"세상에, 어떻게 이런 일이……."

"황태자 전하께서는 무사하십니까?"

"범인은 잡혔습니까?"

그것이 마치 신호라도 된 것처럼 회의실은 순식간에 혼란스러워졌다.

웅성대던 사람들은 빅토르가 한쪽 손을 슥, 드는 것으로 입을 다물었다.

그때, 닫혀 있던 회의실의 문이 열리고 일의 당사자, 칸타레스가 라이오스와 아렌트를 대동하고 들어왔다.

가장 앞에 앉아 있던 이가 벌떡 자리에서 몸을 일으켰다.

"전하! 무탈하셔서 정말 다행입니다!"

"걱정해 주셔서 감사합니다. 다친 곳 하나 없이 괜찮습니다. 괜히 불미스러운 일을 일으켜 루카인 왕국 측에 폐를 끼친 듯하군요."

"폐라니요. 당치도 않습니다. 왕성 내에서 이런 일이 발생했다니, 고개를 들 수 없을 지경입니다."

빅토르가 고개를 깊이 숙이며 사죄했다.

그의 어깨를 두어 번 툭툭 두드려 준 칸타레스가 다시 좌중을 돌아보았다.

"암살자들은 모두 기사들이 처리했습니다. 전원 투명화 스크롤을 소지한 것이 확인되었고, 모두 신원을 밝히지 못한 것으로 미루어 봤을 때 전문적인 암살자들로 추측됩니다."

"어떻게 이런 일이······."

누군가가 탄식을 흘렸다.

칼리온 제국의 황태자가 습격당하다니! 게다가 잔당이 얼마나 있을지는 또 모를 일이었다.

빅토르가 침착하게 말을 이었다.

"귀빈 여러분께는 죄송한 말씀이지만, 사태 파악이 완료될 때까지 회담을 잠시 미루어도 괜찮으시겠습니까? 머무시는 동안 불편함 없이 모실 수 있도록 최선을 다하겠습니다."

"……."

귀빈들의 얼굴이 아까와는 다른 의미로 얼어붙었다.

한참 만에 퍼뜩 정신을 차린 누군가가 더듬더듬 말을 이었다.

"자, 잠깐만. 그게 무슨 말씀이십니까. 체류를 늘린다니요?"

"말씀드린 그대로입니다. 다소 불편하시겠으나, 부탁드리겠습니다. 배후가 밝혀지지 않은 상황에서, 혹여 돌아가시는 길에 불상사가 생길까 염려하는 마음에 드리는 제안입니다."

빅토르가 단호하게 대답했다.

돌려서 이야기했지만, 그 말뜻을 제대로 이해하지 못한 사람은 이곳에 단 한 명도 없었다.

이들 중 배후가 있다. 그러니 범인을 가려낼 때까지 돌려보낼 수 없다고.

"하지만……."

누군가가 저도 모르게 입을 열었다가 이내 다물었다.

지금 여기에서 나선다면 직접적인 혐의를 받게 될 거라고 느낀 것이다.

주변이 조용해지자 칸타레스가 담담하게 입을 열었다.

"암살자들의 시신에서 나온 투명화 스크롤. 그건 근자에 악신교 놈들이 자주 사용했던 물건입니다. 그리고 이렇게 대놓고 저를 노릴 만한 집단도 그곳밖에 없지요. 거기다 다소 확대 해석이 들어간 것이긴 합니다만, 표적은 저뿐만이 아니라……."

"……."

"여기 계신 분들도 포함일 겁니다. 우리는 그들의 적이나 마찬가지니."

즉, 다른 사람들 역시 언제고 공격당할 수 있다는 말이었다.

"……죄송한 말씀입니다만, 우리 중에 그놈들과 한패인 놈들이 섞여 있다는 의심을 지울 수가 없습니다. 배후를 이 자리에서 밝히지 않으면 향후의 안전 역시 보장할 수 없다고 여겨집니다. 그러니."

칸타레스의 서슬 퍼런 눈동자가 좌중을 천천히 훑다가 알로이스에게 닿았다.

왕세자의 얼굴이 딱딱하게 굳어지는 것을 본 황태자가 슬쩍 미소 지었다.

"협조 부탁드립니다."

* * *

아서와 리히트가 한 가지 간과한 사실이 있다면, 황태자 역시 썩 멀쩡한 인간이 아니라는 점이었다.

아닌 밤중에 난데없이 난입해 온 아렌트가.

"암살자한테 위협당한 피해자 놀이, 해 보실래요?"

라는 얼토당토않은 소리를 지껄이며 숨이 끊어진 암살자들을 들이미는데도, 잠깐 난처한 체하다 고개를 끄덕여 준 것이다.

아서와 리히트는 보고야 말았다.

아렌트와 비슷한 얼굴로 재미있겠다며 눈을 반짝이는 황태자의 모습을.

결국 두 사람을 말리는 데 실패한 아서와 리히트가 라이오스를 현장으로 데리고 왔을 때는, 이미 두 사람 간의 작당이 완성된 뒤였다.

"저 요즘, 기사가 된 것에 회의를 느끼고 있습니다……."

"견뎌. 어쩔 수 없다."

앓는 소리를 내는 후배를 안타깝게 보면서도 리히트는

단호하게 말할 수밖에 없었다. 그 역시 사정은 다르지 않았으니까.

지난밤, 이들은 엄청나게 많은 일들을 해냈다.

암살자들을 정리한 건 단순히 시작에 불과했다.

시신을 황태자 방까지 옮기고, 방을 손상시키고, 피까지 적당히 흩뿌려 전투가 있었던 것처럼 꾸며야 했다.

그 모든 일을 진두지휘한 것은 아렌트였고, 황태자가 이따금 넣는 추임새를 들으며 일을 실행한 사람은 아서와 리히트였다.

두 사람의 구조 요청을 받고 달려온 라이오스는 이미 황태자까지 아렌트에게 넘어갔다는 걸 깨닫고는 이마를 짚은 채 한숨만 푹푹 쉬어 댔고.

물론 결과적으로는 모든 일이 잘 풀렸다.

현장을 보고 얼굴이 새파랗게 질린 빅토르 왕세자에게, 아렌트는 거짓과 진실이 절묘하게 섞인 보고를 올렸다.

원체 사람이 좋은 데다 증거까지 완벽하니 빅토르 왕자는 그 말을 곧이곧대로 믿어 버렸고, 상황이 현재에 이른 것.

모든 게 다 아렌트의 의도대로였다.

습격당한 게 일개 견습 기사였다면 범인 색출이고 뭐고, 여기는 너무 위험하니 돌아가야겠다며 다들 아우성

쳤을 게 뻔했으니까.

그리고 지금, 그들이 있는 곳은 루카인 왕국 측에서 마련해 준 새로운 황태자의 거처였다.

한가롭게 차를 홀짝이던 칸타레스가 널브러진 기사들을 향해 시선을 던졌다.

"너희들은 왜 여기에 있지? 루카인 왕실 쪽에서도 호위를 충분히 붙여 줬으니, 이만 돌아가도 되는데."

"죄송합니다만, 전하. 별로 돌아가고 싶지 않습니다……."

아서가 다 죽어 가는 목소리로 웅얼거렸다. 라이오스와 리히트 역시 같은 심정인지 조용히 고개를 주억거렸다.

황태자가 습격당했다는 소식에 현재 황실 기사단은 발칵 뒤집어진 상태였다.

셋은 차마 거기에 대고 진상을 알려 줄 엄두가 나지 않았다.

욕을 배터지게 얻어먹을 게 분명하니까.

대충 그런 사정을 짐작한 칸타레스는 감히 황태자의 처소를 피난처로 사용하겠다는 무례함도 용인해 주었다.

왕궁 분위기는 살얼음판이 따로 없었지만, 적어도 이 방만큼은 평화롭기만 했으니 아무려면 어떠냐, 라는 생각도 있었고.

이것도 아렌트가 돌아오는 순간 깨질 평화였지만.

눈동자를 데굴, 굴리던 아서가 슬쩍 물었다.

"그나저나 단장님, 아렌트는 어디 갔습니까? 혼자 졸 랑졸랑 돌아다녀도 괜찮은 겁니까?"

"……걱정할 놈을 걱정해라."

라이오스의 한숨 섞인 대답에 뒤이어 칸타레스가 피식, 웃음을 터뜨리며 덧붙여 주었다.

"지금쯤 애꿎은 사람 하나 잡고 있을걸."

* * *

콰아아앙!

귀빈용으로 특별히 마련된 의자가 날아가 벽에 처박혔다. 그런데도 아직 채 분노가 풀리지 않아 알로이스는 테이블까지 걷어차 버렸다.

우당탕!

고급스런 테이블이 바닥에 나뒹구는 것을 쏘아보던 알로이스는 그제야 턱까지 차오른 숨을 골랐다.

'습격당한 게 황태자라고?'

그렇지 않아도 지난밤, 암살자들이 정기적으로 하던 보고가 끊긴 뒤부터 불안감을 억누르지 못한 그였다.

최악의 경우에도 암살에 실패하고 도주했겠거니, 여겼을 뿐이었는데 상상을 초월하는 사태가 빚어진 것이다.

황태자를 덮쳤다는 암살자들은 칼리온 제국 소속 황실

기사단에 몰살당했다. 그놈들을 처리했다는 기사들 중에는 애초의 목표였던 아렌트 폰 에크하르트 역시 포함되어 있었다.

'놈이 황태자와 함께 있을 때 움직인 건가?'

아니, 그럴 리가 없었다.

놈들은 왕국에서 가장 실력 있는 암살자들이었다. 지금까지 일을 실패한 적은 한 번도 없었거니와, 그런 초보적인 실수를 할 리가 없었다.

자신이 온갖 공을 들여 육성한 놈들이란 말이다.

'그래, 그건 아니야. 황태자를 노렸을 리가 없어. 그런 명령 따윈 내리지 않았다.'

황태자가 습격당했다고 주장하는 곳은 그가 머물던 거처였다. 애초부터 암살자들이 황태자를 노리고 움직였다는 뜻이었는데, 말이 안 되지 않나.

"형, 형님."

방 한구석에서 눈치를 살피던 마티어스가 조심스럽게 말을 걸었다. 하지만 알로이스는 차마 그 목소리도 제대로 들리지 않는 것 같았다.

마른침을 한 번 삼킨 마티어스가 목소리를 키웠다.

"형님!"

"왜! 생각 중이니까 부르지 마!"

알로이스의 입에서 짜증이 터져 나오자, 마티어스가 조

심스럽게 덧붙였다.

"왜 그렇게 화를 내십니까? 황태자 전하께서 습격을 당하셨으니 수사에 협조하는 것은 당연한 일입니다."

"아무것도 모르면 그냥 닥치고 있어, 도움도 안 되는 게!"

당장이라도 그를 찢어 죽일 듯, 알로이스가 사납게 으르렁거렸다.

결국 마티어스는 몇 번 달싹이던 입을 그냥 다물어 버리고 말았다.

왕세자를 복잡한 눈으로 물끄러미 응시하던 마티어스는 인사도 남기지 않고 방에서 나가 버렸다.

등 뒤에서 또다시 물건을 집어 던지는 소리가 들려왔다.

복도를 따라 걸으며, 마티어스는 괴롭게 미간을 찌푸리더니 관자놀이를 꾹꾹 눌렀다.

그렇게라도 하지 않으면 속이 뒤집혀 버릴 것 같았다.

'아버지……'

네펠레 왕국에서 출발하기 전, 자신의 손을 꼭 잡고 신신당부하던 누님의 얼굴이 아직도 눈에 선했다.

"오라버니가 허튼짓을 하지 못하도록 꼭 네가 지켜봐야 해. 할 수 있지?"

그렇게 마티어스는 병환으로 누운 아버지를 하나뿐인 누님에게 맡긴 채 루카인 왕국까지 왔다.

하지만 이미 일은 벌어졌다.

황태자를 습격했다는 배후가 자신의 형님일 것이라는 생각을 머릿속에서 지울 수가 없었다.

왕자로서, 그리고 아버지의 아들로서 지금 사태를 좌시할 수 없었다.

그게 설령 왕세자와 척을 지는 길이라 할지라도.

하지만……

'나한테는 힘이 없어.'

처음에는 황태자에게 어떻게든 말을 붙여 봐야겠다고 여겼다. 그에게 도움을 청하면 어떻게든 되리라는 막연한 생각에서였지만, 일이 이렇게 됐으니.

이제는 그마저도 기대하지 못하게 되었다.

만일 알로이스가 이번 일의 배후라는 게 밝혀지기라도 한다면 네펠레 왕국은 끝장이었다.

손안에 식은땀이 차올랐다.

만약 정말로 알로이스가 악신교와 손을 잡고서 황태자 암살을 기도했다면…….

'어떻게 해야 하지?'

멍청한 형 하나 때문에 왕국이 멸망하는 꼴은 절대로 보고 싶지 않았다.

고민에 빠진 채 복도를 따라 멍하니 걷던 마티어스는, 제 앞으로 누군가가 다가오는 것을 미처 발견하지 못했다.

"마티어스 왕자님?"

"예, 예, 예?!"

소스라치게 놀라 고개를 들자, 낯설지 않은 앳된 기사와 눈이 마주쳤다.

"아, 송구합니다. 놀라게 해 드릴 생각은 없었습니다."

"아, 그러니까……."

새하얀 은발과 아직 소년티가 가시지 않은 얼굴을 보니 의외로 쉽게 기사의 이름이 떠올랐다.

"아렌트 폰 에크하르트 경이군. 실례했네. 다른 생각을 하다 보니……."

칼리온 제국의 견습 기사.

아직 정식 서임을 받지도 않았지만, 벌써부터 크게 공을 세워 라이오스 단장과 함께 황태자의 신임을 한 몸에 받는 자라고 들었다.

과연 그 소문이 과장은 아닌지, 꼿꼿이 선 자세에서부터 잘 교육받은 기사의 기품과 우아함이 느껴졌다.

"아직 적이 남아 있을지도 모르니, 혼자 다니시면 위험합니다."

"아, 아니. 괜찮아. 걱정해 주어서 고맙네."

지금은 칼리온 제국 사람과 엮이고 싶지 않았다.

마티어스가 급하게 자리를 피하려고 했지만, 뒤이어진 아렌트의 목소리가 그의 발걸음을 붙잡았다.

"죄송하지만, 왕자님. 잠깐 멈춰 주시죠."

"……!"

등골이 서늘해졌다.

황급히 뒤를 돌아보자, 삐딱하게 서서 이쪽을 차갑게 쳐다보는 견습 기사와 눈이 마주치고 말았다.

처음 말을 걸어올 때의 정중한 모습은 눈 씻고 찾아봐도 없었다.

"침몰하는 나라랑 동반 자살하는 취미는 없으실 텐데."

"……"

"왕국을 위해서 변명 한마디 정도는 해 보시는 편이 좋지 않을까요? 아무 힘도 못 쓰고 불바다가 되는 꼴을 보고 싶으시다면야, 그냥 가셔도 괜찮고."

이미 모든 것을 알고 있다는, 뼈가 있는 한마디였다.

마티어스의 얼굴이 새파랗게 질렸다.

5장. 공범, 혹은 배우

공범, 혹은 배우

 시간이 얼마나 지났을까, 아렌트는 당장이라도 눈물을 터뜨릴 것 같은 마티어스 왕자와 함께 복귀했다.
 방에 들어오자마자 황태자를 발견한 왕자는 누가 말릴 새도 없이 털썩, 무릎을 꿇고 오열하기 시작했다.
 "으아아아-! 황태자 전하! 멍청한 형님의 죄를 부디 용서해 주십시오! 아니, 용서하지 마십시오! 하지만 왕국은, 왕국만큼은……!"
 "잠, 잠깐만요, 왕자, 일단은 진정하세요. 일단 대화부터 합시다. 뭐 이야기라도 해 봐야 용서하든 말든 하지 않겠습니까?"
 "죄송합니다! 흐어엉, 제가 옆에서 말렸어야 하는데, 그런 짓을 꾸미는 줄도 모르고!"

좀처럼 눈물콧물이 멈출 기미가 보이지 않자, 칸타레스는 아렌트 쪽으로 황당하다는 눈빛을 보냈다.

"야, 무슨 소릴 했기에 왕자가 이 지경이야?"

"별소리 안 했어요. 감히 제국에 시비를 걸다니, 왕국을 말아먹을 각오는 되어 있냐고 물어봤을 뿐인데요."

"……."

뻔뻔하게 대꾸하는 꼴이, 마치 어린애를 울려 놓고 의기양양해하는 글러 먹은 어른 같았다.

마티어스 왕자가 저놈보다 훨씬 연상일 텐데도.

"네가 제일 나쁜 놈이야, 이 자식아."

"칭찬 감사합니다."

"이게 칭찬으로 들려?"

짜증스럽게 쏘아붙인 칸타레스는 결국 포기하고 직접 마티어스 왕자를 일으켜 세워 주었다.

벌겋게 달아오른 얼굴에 눈물을 그렁그렁 매단 모습이 퍽 우스웠으나…… 도저히 웃을 수가 없었다.

"저놈이 뭐라고 지껄였는지는 모르겠지만, 일단은 흘려들으세요. 왕세자 개인의 비행에 왕국 전체를 책망할 생각은 없으니까요. 게다가……."

공격당한 사람은 아무도 없다.

봉변은 오히려 암살자들과 당신네들이 당한 거지.

하지만 왕자를 보고 있자니 도저히 입 밖으로 그런 말

이 나오지 않았다.

칸타레스는 기사들을 향해 도움을 요청하는 눈길을 보냈지만, 그들은 슬그머니 시선을 피해 버릴 뿐이었다.

망할 놈들 같으니…….

"운다고 해결될 일은 아무것도 없습니다. 보아하니 알로이스 저하께서 뭔가 꿍꿍이가 있다는 건 이미 알고 계셨던 것 같은데……."

대신 심술이 뚝뚝 흐르는 밉살맞은 목소리가 돌아왔다.

어슬렁대며 왕자와 황태자 곁으로 다가간 아렌트가 삐딱하게 말했다.

"좋은 말로 할 때 말씀해 주시는 게 피차 이로울 겁니다."

"……이 녀석이 말을 과격하게 해서 그렇지, 네펠레 왕국에 해가 될 만한 일은 안 할 겁니다."

아렌트를 슬쩍 밀어낸 뒤 칸타레스가 왕자를 달래듯 말했다.

"아직은요."

"히익……!"

하지만 뒤에 덧붙여진 한마디에 왕자의 얼굴은 더욱 새파랗게 질리고 말았다.

바니어스의 어깨에 손을 짚은 황대지가 부드러운 어조로 말을 이었다.

공범, 혹은 배우 〈237〉

"운다고 해결될 일은 없습니다, 왕자. 왕실의 피를 이어받아 지금껏 대접받고 살았다면 그 책임은 지셔야죠. 안 그렇습니까?"

"……."

"알로이스 왕세자가 무슨 짓을 했는지, 왕자 역시 짐작 가는 바가 있는 것 같은데……."

칸타레스는 분명히 미소 짓고 있었지만, 그 속에 든 뼈를 드러내지 않은 것은 아니었다.

"그렇다면 울며 사죄하는 것이 아니라 왕실의 핏줄로서 이 사태를 어떻게 해결할지 차분히 생각해 보는 편이 나을 듯한데, 어떻게 생각하나?"

"……히끅."

생글생글 웃는 황태자 면전에서 뻣뻣하게 굳어 버린 마티어스는 차마 울지도 못 한 채 딸꾹질만 연발했다.

어느 순간 황태자가 하대를 한 것도 알아차리지 못할 만큼.

그 광경을 보며 기사들은 생각했다.

역시 황태자 역시 보통 인간은 아니라고.

* * *

"……형님과 전하께서는 평소에도 의견 충돌이 잦은

편이었습니다."

 소동이 잦아들자, 간신히 마티어스가 제 이야기를 늘어놓기 시작했다.

 "전하께서는 형님의 공격적인 성향을 언제나 염려하셨고, 형님은 현실에 안주하기만 하면 왕국이 더 이상 발전할 수 없다며 반발했습니다."

 신하들은 두 사람의 눈치를 보며 늘 외줄 타기 하듯 지낼 수밖에 없었다.

 "그리고, 최근에 다툼이 더 심해진 것이…… 아무래도 형님이 갑자기 데리고 온 외부인 때문인 것 같습니다."

 제삼의 인물이 등장하자 아렌트의 눈썹이 살짝 구겨졌다.

 "신분도 제대로 밝히지 않고, 그저 친구라고만 하더군요. 그자가 형님을 옆에서 부추기는 듯했지만, 자세한 사정을 알 수는 없었습니다. 저희는 말도 섞지 못하게 하셨으니까요."

 그리고 얼마 뒤, 국왕이 쓰러졌다.

 "아바마마께서는 연세에 비해 건강한 편이셨습니다. 그런데 계속 눈을 뜨지 못하시고…… 의원은 원인을 밝혀내지도 못하고……."

 간신히 침착함을 되찾았던 마티어스의 목소리가 다시 떨리기 시작했다.

"형님이 뭔가 한 거라고, 모두가 그렇게 여깁니다. 하지만 입을 잘못 놀렸다가는 죽을 수도 있다는 생각에 신하들도 침묵하더군요."

그런 상황에서 갑작스럽게 회담 참석이 결정되었다.

"누님께서 간곡히 당부하셨습니다. 형님이 선을 넘으려고 하면 막아야 한다, 라고."

형님과의 동행은 썩 내키지 않은 일이었지만, 고개를 끄덕일 수밖에 없었다.

"근데 못 막으셨네요."

"……."

그리고 한쪽에서 튀어나온 밉살맞은 한마디에 마티어스의 입이 다시 닫혔다.

"구구절절 이야기하지만 결국 막 나가는 왕세자 하나 못 막아서 왕국이 개판 나기 직전이다, 이거잖아요. 단체로 이게 뭐 하는 짓인지."

"쿨럭, 콜록! 콜록!"

급기야 마른 사레가 들려 기침을 토하기 시작한 왕자에게, 아렌트가 가차 없이 질문을 던졌다.

"데리고 왔다는 사람, 이름은 알아요? 얼굴은? 가면 같은 건 안 쓰고 있었어요?"

"아, 그, 그러니까…… 가면은 안 쓰고 있었습니다. 남자였고, 이름은 렉시온이라고 한 것 같습니다. 본명인지는 잘 모르겠지만요."

렉시온.

한 번도 들어 본 적 없는 이름이었다.

아렌트는 팔짱을 끼고 고민에 빠져들었다.

"……아무래도 이상하지 않아요?"

잠시 후, 언짢다는 듯 흘러나온 목소리에 모두의 시선이 견습 기사에게 닿았다.

"걸리는 점이라도 있나?"

"수작질이 너무 티 나잖아요. 마치 적당히 짜 맞춘 판처럼."

라이오스가 묻자 아렌트가 기다렸다는 듯 대답했다.

"누가 봐도 부자연스러운 상황은 지양해야 마땅해요. 그런데 저쪽 나라가 이 회담에 참석하게 된 것부터가 너무 뜬금없죠."

"확실히 그것도 그렇군."

가만히 듣던 칸타레스가 천천히 고개를 끄덕였다.

"왕자, 그 렉시온이라는 외부인이 처음 모습을 드러낸 게 언제지?"

"예? 그게…… 아마 회담을 하자는 이야기가 오가기 시작했을 무렵이었을 겁니다. 말씀드린 대로 최근이라면 최근의 일입니다."

마티어스가 우물대며 답하는 말에 아렌트가 인상을 찌

푸렸다.

"시기가 애매하네요. 이제 와서 암살자를 동원한 것도 그렇고. 그게 통할 거라고 생각했다면 너무 멍청한 건데."

아렌트와 기사단에게 죽어 나간 인원만 몇이었다. 암살자 정도로는 상대할 수 없다는 건 이미 뼈에 새겨질 정도로 잘 알 것이다.

"그렇지, 칼 들고 덤비는 것보다 차라리 음식에 독을 타는 편이 그나마 통했을지도."

"옳으신 말씀입니다. 아무거나 덥석덥석 잘 집어 먹으니까요, 저 녀석은."

심각하게 덧붙이는 칸타레스와 거기에 맞장구치는 아서를 곱지 않은 눈으로 흘겨본 아렌트가 다시 화제를 원래대로 돌렸다.

"하지만 열여덟 명이나 되는 수에서는 반드시 죽이겠다는 의지가 느껴지긴 했죠. 암살 시도 자체가 눈속임용은 아닌 것 같아요."

칼리온 제국의 황실 기사단, 그리고 아렌트의 전력을 제대로 알지 못하는 알로이스라면 모를까, 체르니온교가 그런 실수를 할 리는 없었다.

"제 생각인데, 놈들이 진짜 누군가를 제거하겠다고 결심했다면 이런 좀생이 같은 짓은 안 합니다. 인원을 동원

한다고 치면 최소 세 자릿수는 데리고 오지 않았을까요."

아직 때가 되지 않아 몸을 사린다고 치더라도, 왕세자를 움직여 암살자 몇 명을 보내는 짓거리는 영 놈들답지 않은 일이었다.

그렇다면 답은 하나밖에 나오지 않았다.

투명화 스크롤 정도야 교단에서 지원받았겠지만, 암살자를 준비한 것은 알로이스 본인이다. 최소한 그는 진짜 아렌트를 죽일 목적으로 이 회담에 참석했다.

하지만, 뒤에서 사주한 놈들도 그럴까?

생각을 정리한 아렌트가 천천히 운을 뗐다.

"알로이스 왕세자가 시선 몰이용 꼭두각시에 불과하고, 뒤에서는 다른 목적이 있다고 가정하면 어떻습니까?"

"……."

"처음부터 다시 생각해 보죠. 우선 놈들이 네펠레 왕국을 고른 이유가 뭘까요?"

유난히도 또렷하게 들리는 음성이 모두의 귓가에 파고들었다.

잠깐 고민하던 리히트가 한 가지 답을 내어놓았다.

"알로이스 저하의 성격이 한몫했을 것 같다."

구워삶기도 쉽고, 욕심이 많은 데다가, 국왕과 사이까지 나쁘니 이간질해서 반역을 꿈꾸게 만드는 것은 어렵

공범, 혹은 배우 〈243〉

지 않았을 터.

목적이 정말로 알로이스 왕세자를 구워삶아 아렌트를 죽이는 것뿐이었다면 그 정도 사유만으로 충분했다.

하지만 지금 세운 가정에서는 아직도 뭔가 조금 부족하다.

그때, 한참이나 잠자코 있던 라이오스가 입을 열었다.

"황태자 전하, 걸리는 게 하나 있습니다. 네펠레 왕께서는 의식 불명이신 상태고, 알로이스 왕세자 저하와 마티어스 왕자님께서는 현재 이곳에 체류 중이십니다."

"……."

"네펠레 왕국에는 왕녀님만 남아 계신 것이 아닙니까? 아렌트, 네가 하고 싶었던 말도 이것 아닌가?"

단장의 시선이 닿자 아렌트는 침묵으로 일관했다.

그건 곧 긍정이라는 뜻이었다.

잠시 후, 그 말뜻을 간신히 이해한 마티어스의 낯빛이 새파랗게 질렸다.

"설, 설마 왕국을 노린다는 말씀이십니까?"

"유효한 가정이죠. 그 왕세자만 잠시 떼 놓는 것 자체가 목적이었다면 대부분 설명이 되고."

아렌트가 그렇게 덧붙이자 마티어스는 당장 기절해도 이상하지 않을 것 같은 얼굴이 되었다.

왕녀라고 해 봐야 왕세자 같은 권한과 장악력은 없으

니, 지금 네펠레 왕궁은 무주공산과 다를 바 없었다.

겸사겸사, 왕세자가 아렌트까지 처리해 준다면 더할 나위 없이 좋은 일일 터.

게다가 왕세자가 암살을 사주했다는 사실이 알려져 붙잡히기라도 한다면 그 역시 렉시온에게는 퍽 이득일 터였다.

그때 아서가 반문했다.

"하지만 왕실 사람들을 눈앞에서 치운다고 해서 놈이 뭘 얻을 수 있는데?"

"글쎄요, 제일 먼저 떠오르는 건 빈집 털이뿐인데……."

말끝을 흐린 아렌트가 마티어스 왕자를 향해 시선을 주었다.

"뭐 짚이는 부분은 없으십니까?"

"그, 그게…… 납득은 안 되지만, 빈집 털이라고 하시니 하나 떠오르는 게 있긴 합니다."

멍하니 허공만 보던 마티어스가 입을 열었다.

"하지만 그건 당장 손에 넣을 수 있는 게 아닌데…… 애초에 실존하는지도 모릅니다. 왕궁 어딘가에 있다고는 합니다만……."

"짜증 나니까 횡설수설하지 말고 똑바로 말하세요. 시간 없습니다."

아렌트의 재촉에 급하게 고개를 끄덕인 왕자가 더듬대

면서도 빠르게 말을 쏟아 냈다.

"왕실에…… 전해 내려온다는 보물이 있습니다. 그리 널리 알려진 이야기는 아닌데, 저희 왕실 사람들은 구전으로 듣긴 하죠. 진지하게 받아들이는 사람은 거의 없지만."

자신이 없어진 듯 말끝을 흐린 마티어스가 힐끔 황태자의 눈치를 보았다.

"전쟁 시대의 유산이라는데…… 명칭은 잘 모르겠습니다만, 아주 값비싼 보석으로 장식된 책이라고 합니다. 마법적인 힘이 담긴."

마법의 힘이 있는 책.

우물쭈물하는 왕자와는 달리, 그 자리의 모두는 방금까지 세운 가설이 옳다는 것을 확신할 수 있었다.

리히트가 신음처럼 읊조렸다.

"즉, 아티팩트로군요."

리히트의 한마디를 끝으로 진득한 침묵이 흘렀다.

상황을 제대로 파악하지 못한 마티어스만이 눈을 휘둥그레 뜨고 주변을 두리번거릴 뿐이었다.

"아티팩트라니, 그게 무슨 말씀이십니까? 설마, 그게 실존한다고……?"

"전설에 불과하다는 건 그게 어떤 물건인지, 어디에 있는지 기록조차 없다는 뜻. 맞습니까?"

라이오스가 운을 떼자 왕자는 얼떨떨하게 고개를 끄덕였다.

"그, 그래…… 왕실에 내려오는 기록 한 귀퉁이에 짧게 적혀 있을 뿐인데. 전쟁 때 우연히 손에 넣었으나 언젠가는 돌려주어야 한다, 뭐 이런 내용이다만……."

전쟁이라면 아마 예전에 벌어졌던 대전(大戰)을 말하는 것일 테니, 칸 황제 시대의 물건이라는 뜻이었다.

아서가 골치 아프다는 듯 뒷목을 짚었다.

"확실히 놈들이 탐낼 만한 물건입니다. 어째 최근 잠잠하다 했더니."

"돌려줘야 한다는 건 무슨 뜻이에요?"

그때, 잠자코 있던 아렌트가 불쑥 질문을 던지자 마티어스가 애매하게 대답했다.

"그건 나도 잘…… 그 기록 자체가 초대 국왕께서 남기신 수기라는 이야기가 있는데, 그게 진짜인지 가짜인지도 의견이 분분한지라……."

"좋아요. 그럼 우리도 일단 그게 진짜라고 가정해 보죠."

견습 기사가 다시 화제를 정리하자 자연스레 좌중의 시선이 모이고, 대화를 이끌어 가는 것에 따라 점점 사건의 윤곽이 드러나기 시작했다.

"그 렉시온이라는 놈이 알로이스 왕세자를 찾아간 건

회담 이전입니다. 아마 황태자 전하와 빅토르 저하께서 회담을 할까 말까로 의견을 나누던 즈음."

"……."

"회담이 열린다는 소식을 듣고서 알로이스 저하께 찾아간 건지, 아니면 두 사람이 만난 게 먼저였는지는 아직 알 수 없습니다. 일단 이 부분은 넘어가고."

"왕궁에 들어간 그놈이 국왕을 의식 불명 상태로 만든 뒤, 알로이스 왕세자에게 회담에 참석할 것을 권했다, 이런 말인가?"

"네, 가서 누구 좀 죽여 달라고 했겠죠. 알로이스 왕세자가 암살을 시행하는 대신, 렉시온은 국왕 전하를 행동 불능 상태로 만든다…… 이런 거래가 오갔을지도 모를 일이에요."

칸타레스가 받아 잇자 아렌트가 고개를 끄덕였다.

"그렇게 왕세자도, 국왕 전하도 옆으로 치워 놓고…… 왕녀님이나 왕자님, 둘 중 한 사람은 왕세자를 따라갈 거라고 예상했겠죠."

"왕세자의 친구를 신하들이 함부로 대할 수 있을 리도 없어. 그가 왕궁을 활보하며 뭘 하든 참견하지는 않을 것 같은데."

단순히 추측을 늘어놓은 것에 불과하지만, 제법 앞뒤가 맞는 이야기였다.

앞뒤 관계가 점점 명확해질수록 마티어스 왕자의 얼굴 역시 백짓장처럼 질려 갔다.

하지만 여전히 아렌트는 개운치 못한 낯이었다.

"……넌 또 뭐가 불만이야?"

"아뇨, 그냥."

명확한 이유를 꼽지는 못하겠지만, 어느 지점이 계속 마음에 걸렸다.

뭔가를 놓치고 있는 것 같은 기분이었다.

'놈들답지 않은 짓인데.'

이렇게 뒤에서 알음알음 사람을 조종하느니, 차라리 신의 힘을 빌어 대놓고 사람을 지배하며 파괴력을 과시하는 게 더 그쪽다웠다.

아까도 그렇고, 파면 팔수록 위화감만이 점점 강해지는 것 같다.

마치, 잘 만들어진 공연 시나리오를 억지로 수정한 것처럼.

생각에 잠긴 견습 기사를 일별한 칸타레스가 다시 입을 열었다.

"일단 두 가지는 명확해졌군. 네펠레 왕국에 변고가 생겼고, 왕세자에게는 뭔가 목적이 더 있을지도 모른다는 거."

"……우선 왕세자 저하부터 어떻게든 해 보죠."

잠깐 더 침묵하던 아렌트가 곧 언제 그랬냐는 듯 어깨를 으쓱했다.

어차피 이 시나리오는 거의 다 망가진 상태이니, 지금부터는 배우들의 역량에 따라 애드리브를 남발하는 수밖에 없다.

"이렇게 싱겁게 끝날 리는 없을 거고, 분명 뭔가가 더 있을 거예요. 그러니 이쪽을 최대한 빠르게 정리하죠."

다행히 황태자가 피습당했다는 것을 빌미로 시간을 벌어 두었으니 아직은 여유가 있었다.

멍하니 듣기만 하던 마티어스가 급하게 나섰다.

"자, 잠깐만 기다려 주세요. 지금 텅 비어 있는 왕궁은 어떻게 합니까?"

"빈 게 문제라면, 임시로나마 채워 두면 될 일입니다. 이것도 시간 벌이 정도밖에 안 되겠지만요."

하지만 아렌트는 아무렇지도 않게 대꾸할 뿐이었다.

"왕자님, 왕궁의 왕녀님과 연락하실 수 있습니까?"

"어어, 통신구를 가지고 오긴 했는데……."

"그러면 왕녀님께 미리 언질을 넣어 두세요. 조만간 친구가 방문할 거라고."

"친구?"

뜬금없는 말에 마티어스가 눈을 끔뻑거리자 아렌트가 슬쩍 입가에 미소를 드리웠다.

"이번 기회에 친구 해 두시는 것도 괜찮으실 겁니다. 좀 성가신 인간이긴 하지만, 뭐."

"너, 설마……."

그 어조에서 수상함을 감지한 아서가 꺼림칙하게 물었다.

"얼마 전에 연락했는데, 마침 멀지 않은 곳에 계신다더라고요."

그것으로 아렌트가 누굴 지칭하는지 명확해졌다.

칸타레스가 어색한 미소를 흘렸다.

"르웰린 왕자도 고생이군. 본인은 꽤 만족하는 것 같긴 하지만."

일국의 왕자를 손끝으로 부려 먹을 수 있는 기사는 과거에도, 그리고 앞으로도 저 녀석뿐일 것이다.

"그러면 왕세자는 어쩔 건데?"

"글쎄요, 어찌하는 게 좋으려나."

이미 왕세자는 궁지에 몰린 기분일 것이다. 하지만 이쪽도 아직 심증만 있을 뿐, 완전히 몰아넣을 수 있는 증거는 확보하지 못했다.

잠깐 뜸을 들인 뒤, 아렌트가 씨익 웃었다.

"아무래도 지금껏 다 뜻대로 해 오신 것 같던데. 그 평탄하던 인생에 고난 하나쯤 던져 드려도 괜찮지 않을까요?"

공범, 혹은 배우 〈251〉

"고난은 이미 충분한 것 같기도 한데."

리히트가 작게 중얼거렸지만 당연히 묵살당했다.

다른 이들 역시 같은 생각이었다.

견습 기사 하나를 죽이려다가 졸지에 제국에 시비를 건 꼴이 되어 버렸으니, 그 속이 오죽할까.

하지만 아렌트의 생각은 조금 달랐다.

'아직 한참 멀었지.'

그는 마티어스를 향해 시선을 주었다.

"마티어스 왕자님, 왕세자 저하께 약간이라도 미련이 남으셨다면 미리 말씀해 주세요."

"어, 어어……?"

"지금부터 그 철부지 왕세자를 나락으로 처박아 볼 계획이라. 혹여라도 방해하시겠다면 가만히 있지 않겠습니다."

"……?!"

마티어스는 아연실색해 아렌트를 멍하니 보았다.

아까부터 분위기가 이상하다는 것은 감지하고 있었다. 황태자가 있음에도 줄곧 대화를 주도하던 것은 이 어린 기사였으니까.

하지만 일국의 왕자를 상대로도 이런 말을 지껄이다니.

슬쩍 고개를 돌려 칸타레스를 쳐다봤지만, 딱히 반응은 없었다.

저 기사와 같은 의견이라는 뜻.

아무런 감정도 읽을 수 없는 황금색 눈동자가 유약한 왕자를 찬찬히 훑어보았다.

"왕자님께 마지막 기회를 드리는 겁니다. 그 폭군이 네펠레 왕국의 왕이 되는 미래를, 진정으로 바라십니까?"

"……."

"마음에 들지 않으면 죽이고, 해치고, 심지어는 국왕에게도 마수를 뻗친 인간입니다. 더 큰 사고를 치기 전에 미리 치워 버리는 것이 이로울 듯한데."

조용하지만, 유난히도 또렷한 음성에 왕자는 저도 모르게 홀린 듯 귀를 기울이고 말았다.

"하지만 왕자님의 힘만으로 왕세자와 대적하는 건 힘들 테니, 이쪽을 이용하시면 되는 겁니다."

그 마지막 한마디에 마티어스는 그제야 현실을 제대로 자각했다.

사실상, 지금 다른 선택지는 존재하지 않았다.

괴한과 손을 잡고 국왕에게 해를 끼친 순간부터 알로이스는 한 나라를 짊어질 자격을 박탈당한 것과 마찬가지였다.

몇 차례 달싹이던 마티어스의 입에서 건조한 음성이 튀어나왔다.

"……돕, 돕겠다."

한 번 입을 여니 그다음은 어렵지 않았다.

천천히 눈을 감았다가 뜨며 호흡을 가라앉힌 마티어스가 고개를 들고 아렌트를 똑바로 마주 보았다.

"방해하지 않겠다. 아니지, 나 역시 돕게 해 다오. 왕실의 일인데 가만히 있을 수 없다."

"미리 말씀드리지만, 온갖 수를 다 쓸 겁니다."

"내가, 그리고 왕실이 그 일로 제국에 책임을 묻는 일은 결코 없을 거다. 이후 국왕 전하께도 제가 말씀드리지. 누이 역시 나와 뜻을 같이해 줄 것이 분명하다."

방금까지 벌벌 떨던 것과는 전혀 다른 기세로 말을 쏟아 내는 왕자의 눈동자에 점차 독기가 가득 차오르기 시작했다.

'됐네.'

이 정도면 써먹기에 충분했다.

흡족한 미소를 지은 아렌트는 기사들과 칸타레스가 자신을 향해 질렸다는 시선을 보내고 있다는 것을 깨달았다.

한 나라의 왕자를 말로 구워삶아 홀라당 잡아먹는 꼴이기도 안 찬 모양이었다.

천연덕스럽게 어깨를 으쓱하며, 아렌트가 칸타레스에게 마지막 선택권을 넘겼다.

"이렇게 말씀하시는데요, 전하. 어떻게 하시겠습니까?"

"이미 실컷 지껄여 놓고는 이제 와서 나한테 묻지 마."

짜증스레 툴툴거린 칸타레스는 이내 선선히 고개를 끄덕였다.

"왕자, 나도 한 번 더 말해 두겠습니다. 이번 일을 빌미로 네펠레 왕국에 해가 될 만한 짓은 결코 하지 않을 것임을 맹세합니다. 지금 이 순간부터 왕자와 우리는…… 그래."

잠깐 어울리는 단어를 찾으려 뜸을 들이던 황태자가 슬쩍 미소 지었다.

"공범인 겁니다. 아시겠습니까?"

"공범……."

그 낯선 단어를 한차례 입안에서 굴려 보던 마티어스 또한 크게 고개를 끄덕였다.

"알아들었습니다."

나라도 신분도 관련 없이, 오직 왕세자를 끌어내릴 목적만으로 모인 공범…… 혹은 배우들이었다.

이야기가 정리되자 아렌트가 다시 화두를 던졌다.

"목표물을 처리하지 못했으니, 아마 기회를 노려 한 번 더 덤벼 올 겁니다. 그때를 노리는 거예요."

"하지만 왕궁의 경비가 삼엄해졌으니 쉽게 움직이지는 못 할 거다."

리히트가 그렇게 지적하자 아서가 끼어들었.

"……꼭 그렇지만은 않을 것 같습니다."

"뭐?"

"경비가 삼엄해진 건 황태자 전하와 다른 귀빈 여러분의 처소 근처뿐입니다. 게다가……."

놈들이 노리는 사람은 따로 있으니까.

그 뒷말을 짐작하지 못할 사람은 아무도 없었다.

마티어스를 제외한 이들의 시선이 자연스레 아렌트에게 모였다.

바로 그거라는 듯, 견습 기사가 씨익 미소 지었다.

"아서 선배가 어쩐 일로 머리를 다 쓰신대요."

"너 진짜 뒈지고 싶냐?"

아서가 짜증스럽게 으르렁거렸지만 그 역시 묵살당했다.

* * *

통신구 너머에서 느긋한 대답이 돌아왔다.

- 이런, 역시 당하셨군요.

"역시라니, 그게 무슨 뜻이지? 난 황태자를 공격하라고 명령한 적 없어. 네가 말한 그 견습 기사를 끌고 오라고 했을 뿐인데……!"

당장 그 자리에서 죽이는 것보다, 납치해서 인질로 삼

아 라이오스 드 윈프리드까지 불러낼 작정이었다.

검의 정점이라는 라이오스에게 유일한 약점이 있다면, 그건 바로 제 사람에게 유난히도 무르다는 거였다.

하지만 그 계획을 실행하기도 전, 상황이 엉뚱한 곳으로 흘러가 버렸다.

- 암살자들이 황태자를 공격한 건 아마 아닐 겁니다. 예정대로 아렌트 폰 에크하르트를 목표로 했겠지요.

"그런데 왜 이렇게 된 거냐고!"

- 침착하세요, 저하. 그게 놈의 방식입니다. 암살자들의 시체로 마치 황태자 전하가 습격당한 것처럼 현장을 꾸며 낸 거겠지요.

"뭐?"

알로이스가 황망하게 되물었다. 하지만 그는 곧 관자놀이를 꾹꾹 누르는 것으로 침착함을 되찾았다.

"……그래, 그놈들이 내 명을 어겼을 리가 없지. 그 정신 나간 애새끼가 벌인 짓이라고 하는 게 더 말이 되겠군."

황태자와 다른 기사들이 그에 동조했다고 봐도 무방할 것이다. 그게 사실이라면 정말 어처구니없는 집단이 아닐 수 없었지만.

- 어쨌든, 저하께서 다소 곤란해지신 듯한데, 이제부터 어찌하실 계획이신지? 저는 거래를 철회할 생각이 전

혀 없습니다. 아렌트 폰 에크하르트를 죽여 주시죠.

"……."

통신구 너머에서 들려오는 목소리에는 명백한 비웃음이 서려 있었지만, 알로이스는 평소처럼 화를 터뜨리지 못했다.

자신이 실수를 저지른 것은 명확했으니까.

점점 초조해졌다.

분명 간단한 일이라고 생각했는데, 일이 이렇게 된 이상 제 꾀에 제가 나자빠졌다는 걸 인정할 수밖에 없었다.

- 이번에 당한 것은 저하의 사람들이죠? 아직 제가 빌려드린 것들은 남아 있지 않습니까?

"……그렇지, 아직 기회는 한 번 더 있다."

- 바로 그겁니다. 마지막이니, 이번에는 실수하지 않으시길 바랍니다, 저하.

통신구 너머에서 키득키득 웃음소리가 들려왔다.

짜증을 참지 못한 알로이스가 뭐라 쏘아붙이려는 순간.

똑똑.

누군가가 문을 두드리는 소리에 통신이 일방적으로 끊어졌다.

쯧, 혀를 찬 알로이스는 수정구를 아무렇게나 쑤셔 넣어 버렸다.

"들어와."

"예, 형님."

달칵, 문이 열리고 들어온 것은 다름 아닌 마티어스였다. 동생이 우물쭈물하며 문가에 서 있자 알로이스가 살며시 미간을 찌푸렸다.

"뭐야. 왜?"

"그, 형님. 다름이 아니라……."

"우물거리지 말고 똑바로 말해!"

그렇지 않아도 짜증이 쌓여 있던 상태의 왕세자가 버럭 고함쳤다.

평생을 두려워하던 왕세자를 눈앞에 두고 있자니 심약한 삼 왕자는 심장이 제멋대로 쿵쾅대며 널뛰기 시작했다.

하지만 마티어스는 천천히 숨을 고르며 마음을 진정시켰다.

'내가 제대로 해야 한다.'

왕실의 명운을 제국 사람들에게 맡긴 것부터가 자존심 상할 일이었다. 그러니 맡은 바 책임 정도는 다해야 했다.

덜덜 떨리는 손을 애써 다잡은 마티어스가 천천히, 또박또박 말했다.

"혹시 칸타레스 전하께 암살자를 보내신 것이…… 정

말로 형님이십니까?"

 알로이스 한 사람만을 위한 연극의 서막, 그 첫 번째 대사였다.

* * *

"……뭐라고?"

 알로이스는 한참 만에야 그렇게 되물을 수 있었다.

 사시나무처럼 벌벌 떨면서도 마티어스는 제가 한 발언을 철회할 생각은 없어 보였다.

"형님께서, 황태자 전하 피습 사건을 주도하신 게 맞는지 여쭸습니다."

"하!"

 어처구니가 없어서 헛웃음이 터져 나왔다.

 암살자를 준비한 것은 자신이 맞지만 결단코, 황태자를 습격하라고 명령한 적은 없었다.

 하지만 그걸 해명하려면 자신이 암살자를 움직였다는 것까지 까발려야 한다. 새삼 지금 자신의 처지가 우스꽝스럽게 보였다.

"헛소리 말고 잠이나 자라. 네가 지금 무슨 소리를 지껄이는지 알기나 해?"

"압, 압니다! 그 정도도 모를 정도로 멍청하지 않습니다!"

주먹을 꾹 쥔 마티어스가 간신히 말을 내뱉었다.

평소에는 형에게 제대로 말조차 붙이지 못하던 동생의 두 눈에서는 전에 없던 고집이 엿보였다.

"너…… 누구한테 무슨 소릴 듣고 온 거야?"

"무슨 말을 들었든, 형님이 해명하실 수 있으십니까? 이 일을 어쩌시려고……!"

마구 쏟아 내다 보니 점차 감정이 격해져, 마티어스는 참담한 표정을 감추지 못했다.

"형님 때문에 우리 왕국은 끝장날 겁니다. 국본이 위협받았는데 칼리온 제국의 황실이 가만히 있을 리 없잖습니까!"

이건 연기 따위가 아니라 진심이었다.

황태자는 네펠레 왕국에 해를 끼치지 않겠다고 말했지만, 이미 왕국은 커다란 약점을 잡힌 것과 다름없었다.

한 번 붙잡힌 약점은 황태자가 언젠가 황제가 되고, 어쩌면 그 이후에도 네펠레 왕국의 발목에 끈덕지게 달라붙을 것이다.

이게 다 앞뒤 가릴 줄 모르는 왕세자의 멍청한 판단 때문에 벌어진 일이었다.

멍하니 듣기만 하던 알로이스 왕세자의 얼굴이 처참하게 일그러졌다.

"너야말로 뒷감당할 각오는 했겠지. 어디에서 무슨 소

리를 듣고 왔기에 그런 말을 지껄이는 거냐. 칼리온 제국 놈들이냐?"

"……."

마티어스는 침묵했다.

그것으로 이미 대답은 들은 것과 마찬가지였다.

"설마 그 애송이 견습 기사가 그러던? 알로이스 왕세자가 미쳐서 황태자를 죽이려 들었다고! 증거는 있나? 설마 아무런 각오 없이 나를 능멸하는 건 아니겠지?"

"……."

"그 빌어먹을 애새끼의 몇 마디 말로 네가 감히 나를 추궁해? 정녕 죽고 싶으냐?"

"죽고 싶지 않으니 이러는 겁니다!"

하지만 다음 순간 터져 나온 고함에 되레 알로이스가 멈칫하고 말았다.

"맞습니다. 아렌트 경이 그리 이야기했죠. 형님께서 사주를 받아 황태자 전하를 시해, 하려고 했다…… 이대로 간다면 분명 양국 간에 전쟁이 벌어질 테니, 그러기 전에 해결해야 한다고 말입니다."

"……."

"이제 이 일을 어쩌실 생각이십니까?"

마티어스는 분노에 찬 눈으로 왕세자를 노려보았다.

물론 저것은 허풍에 불과하다. 증거 같은 것은 결코 찾지 못할 테니까. 하지만 무시할 수 없는 것도 사실이었다.

칼리온 제국을 건드렸다는 게 알려진다면 제국에 우호적인 다른 나라들 역시 가만히 있지 않을 게 뻔했다.

으득.

알로이스의 입술 사이에서 이 악무는 소리가 새어 나왔다.

'거래를 철회하는 일은 없을 거라고 했지.'

길길이 날뛰는 동생을 보고 있자니 뒷목이 뻣뻣해졌다.

저쪽도 아무런 증거도 없이 몰아붙일 수는 없을 테니, 마티어스를 통해 이쪽을 들쑤실 셈으로 접근해 온 모양이었다.

저놈이 진심으로 자신을 믿고 따르는 게 아니라는 것은 잘 알고 있었다.

평소에 눌러 왔던 불만이 아렌트의 세 치 혀에 자극받아 이런 모양새로 폭발한 것일 터.

거기까지 생각이 미친 알로이스가 퍼뜩 고개를 들었다.

'잠깐.'

그래. 어차피 증거는 없다. 그러니 놈들도 별 방도를 찾지 못해서 마티어스를 데려다가 들들 볶은 거겠지.

그렇다면 뚜렷한 물증을 찾을 때까지, 놈들은 마티어스

를 잡고 놓지 않을 것이 뻔했다.

그렇다면…… 그걸 역으로 이용하는 방법이 있었다.

어차피 이 머저리야 죽든 말든 상관없었다. 그리고 잘만 한다면 이놈에게 죄를 뒤집어씌우는 것 역시 가능할 터.

"형님?"

"……그래. 지금 상황이 좋지 않아, 마티어스."

갑자기 알로이스의 목소리가 누그러지자 마티어스가 주춤, 뒤로 물러섰다. 하지만 왕세자는 언제 불같이 화냈냐는 듯, 옅은 미소를 띠고 동생에게 한 걸음 다가갔다.

"왕국의 존속이 걸린 문제다. 그러니 네가 나를 좀 도와줘야겠어."

"예……?"

"네펠레 왕국이 망하는 것은 너 역시 보고 싶지 않을 거라 믿는다. 너도 왕실의 피를 이었으니, 내 말은 충분히 알아들었겠지?"

툭.

알로이스의 두 손이 어깨 위에 올라오자 마티어스의 얼굴이 희게 질렸다.

동생이 빠져나가지 못하도록 손에 힘을 꽉 주며, 왕세자가 살기를 드리우고 덧붙였다.

"죽고 싶지 않다면 말이야."

* * *

 심야가 되고, 기사들은 황태자의 방에서 쫓겨나 자신들의 숙소로 돌아올 수밖에 없었다.

 잠들기도 애매한 상황이었지만, 그렇다고 해서 지금 당장 할 일이 있는 건 아니었다.

 아렌트가 배정받은 작은 방에 모여들어 저마다 소파와 의자에서 멍하니 시간을 죽이다가 불현듯 아서가 운을 뗐다.

 "……결국 마티어스 왕자님은 일의 진상을 모르게 된 건가?"

 "그렇죠."

 아렌트의 느긋한 대꾸가 돌아왔다.

 선배들에게서 경멸의 시선이 쏟아지기 시작했지만 아렌트는 전혀 아랑곳하지 않고서, 시종이 가져다준 차를 느긋하게 홀짝일 뿐이었다.

 "원래 세상이 그런 겁니다. 살다 보면 인생의 쓴맛도 좀 보고 하는 거죠, 뭐."

 "……."

 두 사람은 막내 기사를 향해 질렸다는 눈빛을 보낼 수밖에 없었다.

마티어스 왕자는 정말로 황태자가 공격당했다고 철석같이 믿고서, 왕국을 구할 수만 있다면 제 형을 배신하는 것도 서슴지 않겠다는 결심을 했다.

　나중에 자신이 속았다는 걸 알게 됐을 무렵에는 이미 사태는 돌이킬 수 없는 시점일 것이다.

　설마 황태자를 그딴 식으로 써먹는 기사가 있을 거라고 누가 상상할 수 있겠냐만.

　찻잔에서 입을 뗀 아렌트가 두 사람을 한심하게 바라보았다.

　"그 정도쯤은 되어야 협박이 되지, 안 그랬으면 말이나 들어 줬겠습니까?"

　"……."

　"그리고, 자업자득이죠. 지금껏 무섭다고 계속 도망 다녔으니, 한 번쯤은 등 떠밀려서 최전선에도 나가 봐야 공평해요. 왕국 안에서 그 또라이를 저지했다면 이런 험한 꼴도 안 당했을 거 아니에요."

　"아렌트, 누구나 다 너처럼 막 나갈 수 있는 건 아니다."

　"피도 눈물도 없는 새끼."

　리히트의 침착한 말에 뒤이어 아서의 좀 더 직설적인 욕설이 날아들었다. 하지만 아렌트는 들은 척도 하지 않고서 과자를 또 하나 집어 먹을 뿐이었다.

　"그 왕자님한테 큰 기대는 안 해요. 제 할 몫만 해 주면 충분하지."

그리고 그 몫을 제대로 수행하려면, 마티어스 왕자는 아직 이번 사태의 진상을 몰라야 할 필요가 있었다.

표정조차 제대로 관리하지 못하는 그에게 메소드 연기를 기대할 수는 없으니까.

그래서 그에게는 그냥 알로이스 왕자에게 가 사실을 따지라는 지시만 했다.

책임은 이쪽이 질 테니, 이왕 하는 김에 하고 싶은 말을 죄다 쏟아 내 보라고.

물론 그의 유약한 성정에는 그것도 썩 쉬운 일은 아닐 테지만.

잠깐 생각하던 리히트가 회의적으로 중얼거렸다.

"……하지만 마티어스 왕자님이 끝까지 우리 편을 들어 줄지는 잘 모르겠군. 왕세자가 칼이라도 들고 협박하면 견디지 못할 것 같은데."

"그래서 전부 다 알려 주지는 않았잖아요. 그리고 선배, 거꾸로 생각해 보세요. 알로이스 왕세자가, 자신에게 반항하는 마티어스 왕자를 가만히 내버려 둘까요?"

"……?"

순간 말문이 막힌 그가 고개를 들고 아렌트를 보았.

아렌트는 의자에 느긋하게 기대 특유의 무심한, 혹은 시큰둥한 얼굴로 말을 이었다.

"분명히 미친개처럼 거품 물고 달려들걸요. 길게 외출한 다음에 돌아와서 뜬금없이, 황태자에게 암살자를 보낸 게 형님이냐고 따져 물으면 당연히 이런 질문도 던지겠죠."

"……."

"누구한테 무슨 소리를 들은 거냐고. 칼리온 제국 놈들이냐?"

왕세자가 화내는 어조를 조롱하듯 따라 하는 아렌트의 입가에 진한 미소가 그려졌다.

흥얼거리듯 그렇게 말하는 놈은 묘하게 기분이 좋아 보였다.

"저랑 마티어스 왕자 사이에 접점이 생겼다는 것만으로도, 그 왕세자는 눈이 뒤집히지 않을까요?"

가볍게 이야기하고 있지만, 지금 그들은 한 나라의 후계자를 침몰시키는 엄청난 음모를 꾸미고 있었다.

하지만 정작 주동자인 아렌트는 난롯가에 내어놓은 고양이처럼 느긋하기만 하니 인지 부조화가 올 수밖에.

"마티어스 왕자님은 훌륭한 낚싯줄이 되어 주시는 겁니다."

제 할 몫을 한 뒤에는 그냥 알로이스 곁에 머물라고 했다. 무슨 일이 있어도 그에게 반항하지 말고, 그냥 고분고분 따르기만 하라고.

모든 것은 이미 아렌트의 손바닥 위에서, 철저히 의도된 바대로 굴러가고 있었다.

 아서가 실없이 웃음을 흘렸다.

 "너랑 척을 질 바에야 차라리 절벽 아래로 뛰어내리는 편이 낫겠어. 죽어도 곱게 죽어야지."

 "척질 계획 있으면 미리 말씀해 주세요. 깔끔하게 보내드릴게요."

 "……."

 언젠가 황태자와 나눴던 농담을 다시 한번 던지며, 아렌트는 느긋하게 의자에 몸을 기댔다.

 두 사람을 어이없이 보던 리히트가 화제를 돌렸다.

 아니, 돌리지 않으면 기사로서의 정체성이 흔들릴 것만 같았다.

 "그나저나 우리 역시 아무것도 안 해도 되는 건가? 황태자 전하랑 길게 대화하는 것 같던데."

 "넵, 선배들은 그냥 저랑 있다가 때가 됐을 때 제일 잘하는 일만 하시면 됩니다."

 "제일 잘하는 일?"

 아서가 의아하게 묻는 말에 아렌트가 손을 휘휘 내저어 주었다.

 "선배들이 잘하는 게 칼싸움밖에 더 있어요? 그때까지는 그냥 얌전히 계시면 되는 겁니다. 그러니까 가서 발

닦고 잠이나 주무세요."

"……."

"……."

칼싸움 잘하는 둘은 불만이 가득 찬 눈으로 아렌트를 바라보았지만, 그것도 의미 없는 일이었다.

저놈이 이렇게 나온다는 건, 정말로 그때가 될 때까지 아무런 말도 해 주지 않겠다는 뜻과 같았다.

결국 두 기사는 모든 것을 다 포기한 채 고개를 내저어 버렸다.

그리고 다음 날 아침.

하품을 쩍, 하며 옷매무새를 가다듬던 아렌트는 똑똑 들려온 노크 소리에 고개를 들었다.

"누구십니까?"

"오전부터 실례합니다. 아렌트 폰 에크하르트 경 계십니까?"

목 끝까지 제복 단추를 채우며 문을 열자, 루카인 왕궁 소속 시종이 고개를 꾸벅 숙이며 인사를 건넸다.

"좋은 아침입니다. 머무시는 데 불편함은 없으십니까?"

"별로. 이른 시간부터 어쩐 일이지?"

"네펠레 왕국의 마티어스 왕자님께서 이것을 전달해 달라고 부탁하셨습니다."

건네주는 쪽지를 받은 아렌트는 시종의 얼굴을 힐끗 보았다.
"감사. 혹시 그쪽은 성함이?"
"스텔입니다, 기사님."
그를 힐끗 본 아렌트는 쪽지를 펼쳐 내용을 확인했다.

미안하네만, 잠깐 따로 대화를 나눴으면 하네.

아렌트의 입가에 보기 좋은 미소가 드리웠다.
"역시나."
이렇게나 일이 순조롭게 흘러가도록 도와주다니, 마티어스는 생각보다 배우 기질이 있었다.
"잠깐만 기다리도록."
시종을 잠시 밖에 세워 둔 아렌트는 종이를 한 장 찾아 짧은 답신을 썼다.
"마티어스 왕자님께 전해."
"예, 알겠습니다."
꼼꼼히 접은 쪽지를 받아 든 시종은 고개를 살짝 숙여 인사한 뒤 물러갔다.
탁.
문이 다시 닫히고, 방 안은 다시 조용해졌다.
"스텔이라……."

방금 들은 이름을 한 번 입안에서 읊어 보자니 피식, 웃음이 터져 나왔다.
 고맙게도, 더 귀찮은 짓을 할 필요 없이 저쪽에서 먼저 움직여 줄 모양이었다.

* * *

 "……하!"
 되돌아온 답신에 알로이스는 기가 막혀 웃음을 터뜨릴 수밖에 없었다.

 그러지 마시고, 저랑 단둘이 직접 만나는 건 어떠십니까? 그쪽이 어울리고 있는 놈들을 주제로 대화를 나누고 싶은데요.

 그 아래에는 시간과 장소가 작은 글씨로 적혀 있었다.
 놈은 쪽지를 보낸 사람이 마티어스가 아님을 이미 알아차린 게 분명했다.
 "정말 영악한 애새끼로군."
 이런 뻔한 함정에는 걸려들지 않을 거라 여기긴 했다. 하지만 설마 이런 식으로 나오다니.
 "형, 형님. 괜찮으시겠습니까?"

"시끄러워. 너는 그냥 내 말을 듣기만 하면 된다."

불안하게 묻는 마티어스에게 쏘아붙인 알로이스는 다시 자신만의 생각에 빠져들었다.

'어차피 저쪽이 먼저 덤벼들 수는 없을 것이다.'

아직 저들에게는 증거가 없으니, 무턱대고 타국의 왕세자를 건드린다는 악수를 둘 리가 없었다.

게다가 어쩌면 지금이 마지막 기회인지도 몰랐다.

렉시온의 수하들을 이용해 며칠간 감시해 온 그였다.

포악한 성정이라는 것치고, 아렌트 폰 에크하르트 주변에는 의외로 사람이 끊이지를 않아 좀처럼 죽일 틈을 찾기가 쉽지 않았다.

'내가 어울리는 놈들이라면 당연히 악신교 놈들을 말하는 거겠지.'

그 견습 기사는 정보를 캐내고 싶은 것이 분명했다.

'그렇다면 가능할지도…….'

이러니저러니 해도 순진해 빠진 어린놈에 불과하다는 건가.

알로이스의 입가에 짙은 미소가 떠올랐다.

게다가, 자신에게는 렉시온이 붙여 준 괴물 같은 놈들이 아직 남아 있었다.

'성물'을 가진 녀석을 평범한 암살자가 상대하기는 힘들 거라면서, 여차할 때 쓰라고 그가 직접 붙여 준 놈들이었다.

만약 아렌트 폰 에크하르트가 단둘만 만나자는 말을 어기고 다른 기사들을 불러 모은다고 해도 큰 문제는 없을 것이다.

배후에 자신이 있다는 걸 끝까지 숨긴 채, 그 애송이만 죽이면 끝나는 문제니까.

알로이스는 마음을 굳혔다.

* * *

"빅토르 왕세자에게 물어봤어. 스텔이라는 시종은 없다더군."

아렌트가 방에 들어오자마자 칸타레스가 꺼낸 말이었다.

"그럴 줄 알았어요. 전하께서는 준비 다 끝나셨습니까?"

"일단은. 다들 순순히 납득해 주더군."

제 맞은편에 자연스레 걸터앉은 아렌트를 보며 칸타레스가 눈을 가늘게 떴다.

"그나저나 갑자기 시종은 왜? 무슨 일이라도 생겼냐?"

"안 알려 드릴 겁니다."

천연덕스럽게 대꾸하는 꼴이 그저 뻔뻔하기만 했다.

"네가 어떻게 움직일 건지는 아직 나한테도 안 알려 줬잖아."

"세상만사 다 뜻대로 되는 건 아니라서요. 혹시나 일이 틀어질 수도 있으니까요."

"일이 틀어진다는 건, 네가 알로이스 그놈에게 목이 따인다는 건가?"

"글쎄요, 가능할까요?"

피식, 웃음을 터뜨리는 아렌트는 아무리 봐도 갓 스물을 넘긴 애송이처럼 보이지는 않았다.

"일단은 저도 그쪽한테 물어보고 싶은 게 있어서요."

"묻고 싶은 거?"

"아무래도 영 찜찜하단 말이죠."

팔짱을 낀 아렌트가 툴툴거렸다.

언뜻 대수롭지 않다는 어조처럼 들렸지만 칸타레스는 그냥 흘려듣지 않았다.

"그러니까 뭐가 찜찜한데?"

"사람이든 짐승이든, 각자 생긴 대로 살아야 한다는 말이 있잖아요?"

기껏 재우쳐 물었지만 돌아온 대답은 다소 엉뚱했다.

"뭐…… 그렇지."

칸타레스가 황태자고, 라이오스가 기사단장이며, 아렌트 폰 에크하르트가 기사단의 전무후무한 싸가지인 것처럼.

잠깐 말을 고르듯 뜸을 들이던 아렌트가 인상을 찌푸렸다.

"복잡하게 말할 것 없이, 그냥 지금 상황 자체에서 위화감이 느껴져요. 분위기라고 해야 하나, 평소 놈들답지 않은 짓이라."

"전에도 비슷하게 말하지 않았냐?"

"그렇죠."

고개를 끄덕이는 아렌트의 얼굴은 영 개운치 않아 보였다. 덩달아 마음이 찜찜해진 칸타레스가 화제를 돌렸다.

"르웰린 왕자는 뭐래?"

"에버란 왕국의 왕자 자격으로 네펠레 왕국에 방문하겠다며 통보했답니다. 악신교 놈들이 엮였을지도 모르니 워렌은 다른 곳에서 대기하기로 했대요."

"네펠레 왕국에서 거절하지는 않았고?"

"왕녀의 이름으로 환영한다는 답을 받았다는데요."

왕궁에 혼자 남은 왕녀에게는 어쩌면 르웰린의 방문이 마지막으로 드리워진 동아줄처럼 느껴진 걸지도 모르겠다.

"오늘 내로 도착한대요. 상황을 살피는 대로 알려 주겠답니다."

"르웰린 왕자에게는 고맙다고 해야겠군. 위험한 일인데도 선뜻 하겠다고 나서 준 걸 보면."

"……뭐, 엉뚱한 조건을 걸긴 했는데요."

한순간 아렌트의 얼굴이 떨떠름해진 것을, 칸타레스는 놓치지 않았다.

"뭐야? 뭐가 오간 건데?"

"별거 아니에요. 어쨌든, 시간이 되길 기다리죠."

하지만 아렌트는 이내 표정을 갈무리하고 평소처럼 뻔뻔하게 어깨를 으쓱여 버렸다.

"알로이스 저하께서는 얼마나 멋진 무대를 보여 주시려나요."

어차피 인생은 한바탕 무대일 뿐이니, 그가 보여 줄 클라이맥스가 기대될 뿐이었다.

* * *

해가 저물고 소란스럽던 왕궁도 조용해졌다.

루카인 왕국 측에서는 암살자들의 배후를 자체적으로 조사하고 있지만, 아직 이렇다 할 성과는 밝히지 못한 상태였다.

물론 그럴수록 알로이스는 초조해지고 있었다. 이미 렉시온의 수하들에게도 지시를 내려 둔 상태였다.

"마티어스, 준비해라."

"……."

그의 명령에 마티어스는 영 내키지 않는 듯 우물대며 몸을 일으켰다.

아렌트 폰 에크하르트는 단둘만 만나자고 했지만, 적어도 현장에 함께 있기라도 해야 저놈에게 죄를 뒤집어씌울 건덕지를 만들 수 있을 것이다.

나설 채비를 마친 뒤 문을 열자, 알로이스는 뜻밖의 인물과 마주치고 말았다.

언제부터 거기에 있었던 건지, 은발의 앳된 견습 기사가 눈을 마주치자마자 빙그레 미소 지으며 인사를 건넸다.

"좋은 저녁입니다. 알로이스 저하. 마티어스 왕자님도 동행하십니까?"

"……."

"……."

순간 할 말을 잃어버리고 말았다.

뻣뻣하게 굳은 두 사람이 아무런 반응도 하지 못하자 아렌트가 씨익, 입매를 휘었다.

"혹시나 겁먹고 안 오실까 해서, 직접 모시러 왔습니다. 잠깐 같이 걸으면서 대화나 나누시죠. 뭐하면 호위 기사들을 부르셔도 괜찮습니다."

"……정말 어처구니가 없군."

겪으면 겪을수록 황당한 꼬맹이였다.

알로이스는 관자놀이를 꾹꾹 짚다가 허탈한 웃음을 터뜨렸다.

"됐다. 그냥 가자. 경이 도대체 무슨 꿍꿍이인지는 나도 궁금하니까."

"예, 멋진 척하시는 모습 잘 봤습니다. 아무래도 저하께서는 연기에 썩 소질이 없으신 것 같네요."

"……."

한 치의 망설임도 없이 돌아온 대답에 알로이스는 얼굴을 딱딱하게 굳혔다. 하지만 아렌트는 어느새 몸을 빙글 돌려 저만치 앞서나가고 있었다.

뒤따르면서 느낀 건데, 제국의 견습 기사는 이상할 정도로 고요한 복도를 마치 산책하듯 걸었다.

왜인지는 모르겠지만 알로이스는 그 뒷모습에서 눈을 뗄 수가 없었다.

덕분에 왕궁에서 빠져나가 조용한 정원에 다다를 때까지, 아무도 먼저 입을 열지 않았다.

침묵은 사람을 미치게 만들었다.

풀벌레가 찌르르 울고, 사박사박 잔디를 밟는 소리만이 이따금 귓가를 간지럽힐 뿐이었다.

허리춤에 매달린 검을 뽑아 저 등을 찌른다면 성공할 수 있을까.

그런 어처구니없는 충동까지 들 찰나, 아렌트가 먼저

입을 열었다.

"알로이스 저하께는 죄송한 말씀이지만, 대강의 사정은 마티어스 왕자님께 들었습니다."

갑자기 이름이 불린 마티어스가 몸을 움찔했다.

"각설하고, 최근에 정체불명의 남자와 어울리신다는데. 대체 어떤 놈인지는 알고 어울리시는 겁니까?"

"……."

주어는 없지만 렉시온을 지칭하는 게 틀림없었다.

알로이스는 움직이지 않으려는 입꼬리를 억지로 비틀었다.

"내가 그걸 대답해야 할 의무라도 있나?"

"아무래도 왕세자 저하께서 원하시는 게 제 목인 것 같아서요. 그러면 의아할 수밖에 없잖습니까. 제가 뭐라고 일국의 왕세자가 노리는지."

자신의 목숨을 이야기하면서도 마치 남의 말을 하듯, 담백하기만 한 어조였다.

"저하께서 원하시는 게 제 목이라면, 그 남자의 정체도 쉽게 짐작해 볼 수 있습니다만."

"……."

"혹시 악신교입니까?"

알로이스는 입을 꾹 다물었다가 이내 짧게 대꾸했다.

"그렇다면? 뭐 큰 문제라도 있나?"

"아무래도 큰 문제죠. 한 나라를 이끄셔야 할 왕세자께서 그런 놈들의 말에 귀를 기울이셨다는 것 자체가요."

마침내 인적이 드문 곳까지 다다른 아렌트가 걸음을 멈췄다.

"진짜 어처구니가 없네. 도대체 몇 명을 끌고 오신 겁니까?"

처음에 처리했던 암살자들과는 달리 이놈들은 진짜배기였다.

진득한 시선.

마치 루카인 왕국으로 올 때 느꼈던 것처럼.

지금 자신이 독 안에 든 쥐와 같은 꼴이라는 건 충분히 알 수 있었다. 어둠 속에 몸을 숨긴 정체불명의 적들에게 완벽하게 포위당한 상태였다.

"싸움박질하기 전에 몇 가지만 더 여쭤봐도 되겠습니까?"

"허락하지."

"만약에 실패하신다면, 그때는 어쩌실 작정이십니까?"

고저 없는 목소리로 질문을 던지는 견습 기사의 황금색 눈동자가, 어두운 달빛 아래에서 스스로 빛나는 것처럼 반짝였다.

그것을 가만히 마주 보고 있자니 어째서인지 목이 타는 기분이었다.

"……그럴 리 없다. 너는 이 자리에서 죽을 테니까."

"생각 안 하셨다는 거군요. 잘 알겠습니다. 하긴, 견습 기사에 불과한 제 말을 누가 믿어 주겠습니까? 왕실 모독죄로 끌려가지나 않으면 다행이지."

하지만 정작 목숨이 경각에 달한 아렌트는 여유롭게 어깨를 으쓱할 뿐이었다.

"그리고 두 번째 질문인데요."

"말해라."

"마티어스 왕자님을 이 자리에서 내보내실 생각은 없으십니까?"

황금빛 시선이 뻣뻣하게 굳은 마티어스에게 잠시 닿았다가 떨어졌다.

"없다. 저 녀석은 쓸모없어. 그러니 함께 처리하는 게 좋겠지. 감히 날 배신할 생각까지 했으니까."

"형, 형님!"

얼굴이 새파랗게 질린 마티어스가 새된 소리를 냈다.

흐음, 소리를 내며 삐딱하게 선 아렌트가 다시 알로이스에게 눈길을 주었다.

"그리고 제일 중요한 마지막 질문입니다."

이 의미 없는 질의응답이 끝나면 곧장 아수라장이 벌어질 것이다.

알로이스는 몸을 더욱 긴장시켰다.

"들어 주지."

"저하, 혹시 체르니온이라는 이름을 아십니까?"

"뭐?"

하지만 정작 입에서 튀어나온 것은 다소 뜬금없는 한마디였다.

알로이스가 귀를 의심하며 미간을 찌푸리자, 아렌트가 쯧 혀를 찼다.

"어쩐지, 뭐가 좀 이상하더라니."

하지만 더 대화를 나눌 틈은 없었다.

알로이스 뒤에서 갑자기 솟구친 그림자가 아렌트를 향해 달려든 것이다.

매끄럽게 뽑힌 검날이 달빛을 반사해 새하얗게 반짝이고, 가장 앞서서 덮쳐 온 그림자가 두 동강이 난 채 잔디밭 위에 뒹굴었다.

"……."

그제야 적의 실체를 눈으로 확인한 아렌트의 미간이 살짝 구겨졌다.

인간도, 구울도, 하다못해 다른 그 어떤 종족도 아니었다.

애초에 살아 있는 생물인지도 알 수 없었다.

마치 어둠의 한편을 뚝 떼어 만든 들짐승 같은 모습이었다.

단칼에 베여 경련하듯 부들부들 떨던 짐승은 이내 파스스, 흩어져 다시 밤의 어둠 속에 녹아들었다.

 "그래, 컨셉질은 이렇게 해야지."

 끝까지 어둠의 신을 모시는 신관 노릇을 하고 싶은 모양이지만, 아렌트는 알 수 있었다.

 저 검은 짐승의 본질은 어둠이나 신성력 따위가 아니었다. 차라리 마정석과 비슷한 수준의, 순도 높은 마력 덩어리라고 하는 쪽이 더 옳을 것 같았다.

 그렇다면 알로이스 왕세자를 가지고 논 배후의 정체도 대충 감이 잡혔다.

 "거대 도마뱀이로군."

6장. 어리석은 자의 피날레

어리석은 자의 피날레

"푸하하하하!"

렉시온은 결국 참지 못하고 폭소를 터뜨렸다.

소파 위에서 한참을 몸부림치다 바닥에 쿵, 떨어지고 나서도 한참을 끅끅 웃어 대며 바닥을 쾅쾅 두드렸다.

"하하하하! 이야, 진짜 걸작이잖아? 이걸 단번에 맞힌다고?"

이거 진짜 괴물 같은 놈이었다.

바로 근처에 있던 알로이스도 자신이 가짜라는 것을 눈치채지 못했는데, 저 멀리 있는 놈이 정황 증거만으로 이쪽의 정체를 맞춰 버린 것이다.

"이럴 줄 알았으면 구울이라도 몇 개 주워서 같이 보낼걸. 쯥."

간신히 웃음을 멈춘 렉시온은 눈가에 매달린 눈물을 대강 훔쳐 냈다.
 "크게 기대는 안 했지만, 이건 너무한데."
 물건도 찾을 겸, 겸사겸사 주제도 모르고 날뛰는 왕세자를 응징하기도 할 겸 유희에 나선 거지만, 이왕이면 그 건방진 인간 기사 놈도 처리할 생각이긴 했다.
 아무리 덜떨어진 놈이라도 동족은 동족.
 인간 주제에 동족을 구경거리로 만들었으니 그 책임은 져야 마땅했다.
 "근데 이렇게 되면 오히려 내가 한 방 먹은 것 같잖아."
 얻은 것 하나 없이 꼬리를 말고 도망치는 개처럼 물러나야 하다니.
 "그래도 드래곤 체면이 있지……."
 가벼운 고민에 빠져 있던 그때, 한 인기척이 그의 상념을 끼웠다.
 방문 앞에 의외의 인물이 서 있었다.
 의아하게 몇 번 눈을 끔뻑이던 그는 이내 씨이익, 미소를 지었다.
 "호오?"

* * *

"……어? 어어어?"

그때, 알로이스 쪽에서 이상한 비명이 터져 나왔다.

급하게 시선을 든 아렌트는 왕세자 주변에서 마력이 서서히 요동치기 시작하는 것을 발견했다.

"이게 뭐야? 어어어?"

불길하게 움직이는 마력이 마치 폭풍전야처럼 보였다.

막아야 한다는 생각에 아렌트가 한 발 내디딘 찰나, 그를 향해 날카로운 공격이 쇄도했다.

"……!"

카아앙!

반사적으로 치켜든 검에 묵직한 충격이 가해졌다.

언제 나타난 건지, 무뚝뚝한 얼굴의 청년이 아렌트 앞을 가로막고 있었다.

분명 처음 보는 얼굴이었지만 묘하게 존재감이 흐린 기척은 익숙했다.

"시종 놈 주제에 검을 제법 쓰네?"

"높으신 분을 모시려면 이 정도는 해야지."

다소 쉰 목소리로 담담한 대답이 돌아왔다.

그러는 사이, 갑자기 거세진 마력 폭풍이 알로이스를 찢어발길 기세로 휘몰아쳤다.

나무가 뒤흔들리고, 정원의 풀이 통째로 뜯겨 나가는 가운데, 마력에 휩싸여 모습조차 제대로 안 보이게 된 알로이스가 비명을 질렀다.

"잠깐만. 흐아아악! 이게 뭐야, 살려 줘!"

"야, 이 멍청아! 일단 침착하고…… 아오, 진짜!"

알로이스에게 외치던 아렌트는 순간 쇄도해 오는 스텔의 공격을 맞받아치느라 말을 끝맺지 못했다.

날아드는 검을 막아 낸 손끝이 제법 시큰했다. 스텔도 만만찮은 실력자라는 뜻이었다.

아렌트는 적을 경계하며 외쳤다.

"그 렉시온이라는 놈한테 뭐 받은 거 없냐?"

"뭐, 뭐?"

"여기 오기 전에 건네받은 거 없냐고!"

멍청히 서 있던 알로이스가 그제야 허겁지겁 품을 뒤지기 시작했다. 그 순간에도 스텔은 가벼운 몸놀림으로 아렌트를 꾸준히 압박했다.

사방에서 휘몰아치는 거대한 마력 폭풍에도 스텔은 전혀 아랑곳하지 않았다. 연달아 검격을 날리는 그의 안정된 몸놀림은 유난히도 날렵하고 가벼워 보였다.

역시, 평범한 인간의 기척이 아니었다.

아렌트는 쯧, 혀를 찼다.

"바빠 죽겠는데 귀찮게 구네, 진짜."

하지만 길게 딴생각할 틈은 없었다.

간신히 품에서 뭔가를 꺼내 내던지려던 알로이스가 또

다시 비명을 터뜨린 것이다.

"아아악! 떨어져! 떨어지라고!"

알로이스는 제 손에 쥐어진 것을 떼어 내려 애쓰고 있었다. 하지만 정체불명의 검은 덩어리는 손바닥에 뿌리를 내린 것처럼 들러붙은 채 떨어질 기미가 보이지 않았다.

곧 왕세자의 손 전체가 새카맣게 물들고, 서서히 그의 팔까지 침식하기 시작했다.

그런 알로이스에게서 튀쳐나온 검은 그림자들은 짐승의 형상으로 화해 사방팔방으로 튀어 나갔다.

그중 가장 큰 늑대 형태의 짐승이 아렌트의 목을 노리고 달려들었다.

하지만 바로 다음 순간.

쿠우웅!

하늘에서 뚝 떨어진 한 사람이 아렌트 바로 앞에 착지해, 단칼에 거대한 짐승을 서걱, 베어 버렸다.

근처 건물에서 뛰어내린 라이오스였다.

태연하게 자세를 잡는 그를 보며 아렌트가 황당하게 물었다.

"뭐야. 왜 왔어요? 위를 지키시는 거 아니셨습니까?"

"내 미음이다."

하지만 돌아온 대답은 뻔뻔하기 그지없었다.

멍한 얼굴로 두 사람의 대화를 듣던 마티어스가 퍼뜩

고개를 들었다.

 머리 위에 있는, 불 꺼진 발코니에 선 칸타레스가 상체를 내밀고 상황을 살피고 있는 것이 보였다. 그 뒤에서 빅토르 왕세자가 불안한 얼굴로 황태자를 방 안으로 들이려 애쓰고 있었다.

 "설마?"

 멍하니 중얼거린 마티어스는 아렌트를 보았다.

 저 견습 기사는 확실한 증거를 잡을 요량으로 형을 여기까지 이끈 것이다.

 본인을 미끼로 삼아서.

 분명 다른 나라의 대표들도 모두 저 방에 모여 처음부터 끝까지 상황을 지켜보고 있었을 것이다.

 칸타레스의 기척을 알아차린 짐승 몇 마리가 벽을 박차고 발코니를 향해 몸을 솟구쳤다.

 하지만 그들도 얼마 지나지 않아 난입해 온 두 기사의 검에 양단되며 한 줌의 재가 되어 허공에 흩어져 버렸다.

 아서와 리히트였다.

 "각자 자리에 배치 끝났습니다. 정원 근처에서 침입자들과 교전 중입니다."

 "저 이상한 짐승들도 다른 선배들이 처리할 겁니다. 귀빈들이 계신 곳에는 두 명이 올라갔으니 걱정 안 하셔도 됩니다."

"잘했다."

리히트의 깔끔한 보고에 이어 아서 역시 덧붙였다. 그러자 계속 무표정을 유지하던 스텔의 눈썹이 언짢게 구겨졌다.

렉시온이 알로이스에게 붙여 준 수하는 그 혼자만이 아니었다.

전투가 시작되면 바로 나타날 예정이었지만, 이미 근처에 진을 치고 있던 칼리온 제국의 제3기사단에게 발목이 잡혀 버린 것이다.

"너, 나중에 책임져라. 선배들한테 욕 배 터지게 얻어먹었으니까."

"숨어 있던 놈들도 다 찾으셨어요?"

"선배들을 너무 바보 취급하는 거 아냐, 너? 당연히 다 찾았지. 고생은 좀 했지만."

검을 다잡으며 아서가 짧게 투덜거렸다.

"그놈들은 도대체 뭐야? 기척이 특이하던데? 인간 맞아?"

명색이 제국 황실 소속 기사인 그들이었지만 이번에는 적들을 찾아낼 때 제법 애먹을 수밖에 없었다.

미리 현장을 한 번 살펴본 라이오스가 수상한 곳을 짚어 주지 않았더라면 아마 한참을 헤맸을지도 모를 일이었다.

"이야기는 나중에 하고, 뭐 어째야 하는데?"

"저 멍청이 왕세자부터 살려야죠. 들어야 할 게 많거든요."

지금 이 순간에도 알로이스는 팔을 부여잡은 채 몸부림치고 있었다.

리히트가 작게 신음했다.

"마력에 잡아먹히고 있군."

이미 어깨까지 강한 마력에 침식당한 상태였다.

세 사람은 누가 먼저랄 것 없이 검을 고쳐 쥐었다.

쯧, 혀를 찬 스텔이 다시 아렌트에게 달려들려고 했지만…….

쿠웅!

등 뒤에서 들려온 위협적인 소리에 고개를 돌릴 수밖에 없었다.

굳건히 선 라이오스가 검을 바닥에 내려찍은 채, 차게 가라앉은 눈으로 스텔을 가만히 응시하고 있었다.

"네 상대는 나다. 한눈팔지 말도록."

"……."

스텔의 낯이 처참하게 일그러졌다.

그러는 사이, 감시망에서 벗어난 세 사람은 알로이스를 향해 지면을 박찼다. 짐승 형태를 한 마력 덩어리들이 사납게 짖으며 그들을 향해 달려들었다.

아렌트는 곧장 아티팩트를 발동했고, 두 사람 역시 검기를 일으켰다.

왕세자를 구하려면 일단 저 마력의 폭풍부터 뚫어야 했다.

새하얀 서리가 앉은 검에 닿은 늑대 한 마리가 그대로 찢어져 허공에 흩어졌다.

"아아아악! 아아악!"

침식당한 자신의 팔에서 도망치고 싶은 것처럼, 알로이스는 피부를 마구 긁으며 발버둥 치고 있었다. 눈이 까뒤집혀 흰자가 보이고 입에는 거품을 문 꼴이, 이미 이성을 완전히 잃어버린 것 같았다.

앞으로 치고 나가려던 아렌트는 바로 옆에서 엄습하는 기척에 멈칫했다.

하지만 그보다 먼저 움직인 리히트가 아렌트를 향해 날아들던 커다란 발톱을 쳐 냈다.

카아앙!

분명 마력으로 이뤄진 형체일 뿐일 텐데도 금속끼리 부닥치는 거친 소음이 터져 나왔다.

본격적으로 싸우기 시작한 리히트를 내버려 두고, 아렌트는 알로이스를 향해 직진했다.

가까이 다가갈수록 마력 폭풍은 점점 더 거세져, 이제는 차마 한 걸음 떼기도 힘들 지경이었다.

몸이 균형을 잃은 틈을 타 늑대를 닮은 적이 나시금 그를 향해 달려들었지만, 이번에는 아서가 끼어들어 공격을 막아 냈다.

우드드득.

정원수가 부러져 나갈 기세로 뒤흔들리고, 지면에 깔린 돌들이 깨지고 부서지며 사방으로 튀었다.

겨우 고개를 든 아렌트는 알로이스의 상태를 확인했다.

귀곡성 같은 바람 소리 틈으로 왕세자의 절규가 아득하게 들려왔다. 살벌한 마력이 그의 등줄기를 따라 박쥐의 것을 닮은 날개 형태로 뻗어 가고 있었다.

드래곤의 마력을 알로이스의 몸이 버텨내지 못해 폭주하기 직전이었다.

'죽이면 안 돼.'

저놈에게서 캐내야 할 게 많았다.

리히트와 아서가 엄호해 주는 지금이 마지막 기회.

그는 발광하는 알로이스를 향해 땅을 박찼다.

어둠이 휘몰아치는 것 같은 마력 폭풍에 새하얀 서리가 마치 보석처럼 흩어졌다.

그리고 다음 순간, 아렌트가 알로이스의 어깨를 내려쳤다.

이미 검게 침식된 팔이 절단되어 떨어져 나가고, 정신이 혼미한 와중에도 경악한 왕세자가 입을 쩍, 벌렸다.

하지만 그것으로 끝나지 않았다.

바닥에 툭 떨어진 팔이 제멋대로 꿈틀대며 한층 더 강한 마력을 뿜어내기 시작했다.

억지로 몸을 지탱한 아렌트는 아티팩트의 힘을 최대로

끌어모아 마력을 방출해 대는 핵을 내리찍었다.

잠깐의 정적 후.

쩌적.

무언가가 금이 가는 소리가 귓가를 스쳤다.

마력 폭풍이 천천히 잦아들기 시작했다.

아서와 리히트가 상대하던 검은 짐승들도 우뚝 움직임을 멈추더니 잠시 후, 마력의 입자가 되어 흩어져 버렸다.

알로이스의 팔이었던 것은 곧 아티팩트의 영향을 받아 새하얗게 얼어붙더니 곧, 쨍그랑! 소리를 내고 산산조각 나 흩어졌다.

요동치던 마력이 완전히 가라앉고. 사위는 다시 고요해졌다.

엉망이 된 정원만이 방금 일이 꿈이 아니었다는 것을 증명할 뿐이었다.

라이오스가 상대하던 스텔은 가만히 상황을 살피더니 제 검을 갈무리하고, 그 자리에서 어둠에 녹아들듯 스륵, 사라져 버렸다.

입을 쩍, 벌린 채 기절한 알로이스의 어깨는 새하얗게 얼어붙은 탓에 출혈도 멎은 상태였다.

당장 생명에 지장은 없을 것 같았다.

모든 게 다 정리되었다는 확신이 생기고 나서야 아렌트는 비틀비틀 몸을 바로 세웠다.

"와……."

엄청난 마력을 정면으로 받아 낸 탓인지 눈앞이 핑핑 돌고, 당장이라도 속이 뒤집힐 것 같았다.

검을 갈무리한 라이오스가 부하들을 향해 다가왔다.

"괜찮나?"

"예, 괜찮습니다."

"저도 문제없습니다."

리히트와 아서 역시 큰 부상은 당하지 않은 듯 납검하고 아렌트 쪽을 보았다.

"야, 넌 괜찮냐?"

"안 괜찮…… 어라."

습관처럼 투덜대려던 아렌트는 뭔가 이상한 느낌에 반사적으로 고개를 숙였다.

펼친 손바닥 위로 피가 후두둑, 쏟아졌다.

"……."

코에서 피가 뚝뚝 떨어지고 있었다.

예상치 못한 상황에 멍하니 서 있자니, 라이오스가 침착하게 말했다.

"내상이군. 네 말대로 안 괜찮아 보인다."

"에이, 씨."

피가 줄줄 흐르는 코를 꾹 쥐며 아렌트가 짜증스레 바닥을 걷어찼다.

* * *

 사태가 얼추 정리된 뒤, 알로이스는 의무실로 옮겨지고 곧장 대대적인 현장 조사가 이루어졌다.

 다행히도 부상자는 거의 없었다.

 각국의 사절단과 함께 온 호위들은 대부분 제 숙소에서 휴식을 취하고 있었고, 칸타레스에게 미리 언질을 받은 빅토르가 왕궁 내에서 머무는 시종들과 귀족들에게 방 밖으로 나오지 말라고 단단히 일러 둔 덕이었다.

 알로이스가 아렌트를 죽이려 하다 폭주하는 현장을 모두 직접 본 나라의 대표들은 당장 비상 회의에 돌입했다.

 라이오스는 칸타레스와 빅토르 왕세자를 도와 뒤처리에 한창이고, 임무를 마친 제3기사단은 커다란 응접실로 안내받아 치료에 들어갔다.

 아렌트 일행이 응접실에 발을 들인 지 얼마 지나지 않아, 다른 적들을 상대하러 갔던 제3기사단의 기사들도 하나둘씩 생채기를 줄줄 달고 나타났다.

 "그놈들 도대체 뭐야? 기척이 이상하던데."

 여기저기 달고 온 생채기 덕분에 한층 더 인상이 험악해진 기사들이 투덜거렸다.

 응접실의 커다란 소파를 혼자 차지하고 기대앉은 아렌

트가 콧잔등을 꾹꾹 누르며 짜증스레 대꾸했다.

"아마 인간도 아닐걸요. 뭔지는 나도 모르겠지만."

라이오스가 제때 나타나 스텔을 붙잡아 두어서 다행이지, 아니었으면 알로이스가 폭주하는 것을 막을 수 없었을지도 모른다.

기사들의 상처에 간단한 처치를 해 준 치료사는 마지막으로 잔에 한가득 물약을 담더니 아렌트에게 전해 주었다.

"다들 큰 부상은 없으셔서 다행입니다. 아렌트 경께서는 이걸 드시면 내상이 좀 가라앉으실 거고요."

고개를 꾸벅 숙여 인사한 치료사가 나가고 드디어 기사들끼리만 남게 되자, 얼굴에 반창고를 덕지덕지 붙인 아서가 질문을 꺼냈다.

"그래서 뭐가 어떻게 된 거야? 이거 악신교 놈들 짓 아니지 않냐?"

다른 기사들 역시 같은 생각인지 고개를 주억거리며 아렌트를 보았다.

다들 전투 과정에서 이미 감을 잡은 모양이었다.

리히트 역시 심히 심란한 얼굴로 말을 이었다.

"왕세자가 폭주할 때, 그 뒤로 드래곤의 날개 같은 것이 보이더군."

"그럼 설마……."

"맞을걸요. 드래곤."

누군가가 말끝을 흐리자 아렌트가 짧게 툭 내뱉었다.

드래곤.

갑자기 닥친 너무나도 거대한 존재감에 기사들은 차마 말을 잇지 못했다.

그러는 와중에도 아렌트는 찰랑이는 물약과 눈싸움을 벌이고 있었다.

"확신할 수는 없지만, 제 생각은 그래요. 보아하니 선배들도 비슷한 의견이신 것 같은데."

"설명도 설명인데, 그거나 빨리 마시고 하지 그러냐."

"……하아."

가만히 지켜보던 아서가 한마디 하자, 짧게 한숨을 내쉰 아렌트가 눈을 질끈 감고 약을 들이켰다.

"으, 써. 어쨌든, 상대가 놈들이라면 절 죽이겠다고 한 이유도 알 만해요."

"아무래도 그렇지."

라이더가 꺼림칙하게 고개를 끄덕였다.

아직 생존한 드래곤을 자극할 수 있을지도 모른다며, 드래곤의 유해를 전시하겠다는 미친 생각을 떠올린 게 바로 아렌트였으니까.

황실 이름으로 열린 행사였지만, 아렌트는 워낙 이런저런 일에 모두 얽혀 있으니…… 조금만 뒤를 캐 보면 배후가 누구인지는 어렵잖게 알 수 있었을 것이다.

어리석은 자의 피날레 〈301〉

"아까 황태자 전하랑 잠깐 이야기했는데, 일단 이번 일은 악신교 놈들의 만행이라고 덮어 둘 예정입니다. 선배들도 그렇게 아세요."

드래곤보다는 악신교 쪽이 좀 더 현실적이니까. 게다가 드래곤 쪽도 그놈들에게 제가 한 짓거리를 뒤집어씌우고 싶어 하는 것 같고.

잠자코 있던 글렌이 물음을 던졌다.

"배후에 있는 드래곤이라는 게…… 혹시 놈들과 한패일 가능성은 없습니까?"

"아마 그건 아닐 거다. 이것 역시 단언할 수는 없지만."

"그랬으면 이미 네펠레 왕국은 쑥대밭이 됐을 겁니다."

리히트의 대답에 이어 아서가 덧붙여 주었다.

남은 약을 마저 들이켜며 오만상을 쓴 아렌트는 잔을 테이블 위에 내려놓고 투덜거렸다.

"악신교 흉내를 낸 거나, 다짜고짜 네펠레 왕궁을 날려 버리지 않은 걸 보면, 한편으로는 온건한 편이라고 할 수 있을지도 모르겠네요."

"온건이라고?"

"하긴, 왕국 하나를 풍비박산 내는 것쯤이야 드래곤이라면 얼마든지 가능할 테니까……."

누군가가 회의적으로 되묻는 말에 라이더가 애매하게 고개를 끄덕였다.

왕국을 아예 박살 내는 것 대신, 상대방은 골칫덩이 왕세자를 조종하는 데에 그쳤다.

다른 조무래기들도 알로이스가 제압당한 뒤 모두 철수했다는 것을 보면, 진지하게 달려들 생각조차 없었던 것 같았다.

그러니까…… 그 드래곤은 그냥 가볍게 장난을 친 걸지도 몰랐다. 고양이가 쥐를 가지고 노는 것처럼.

잠깐 상념에 잠겨 있는데, 똑똑. 문가에서 노크 소리가 들려왔다.

아서가 나가서 문을 열어 주자 점잖은 얼굴의 나이 지긋한 시종이 통신용 수정구를 들고 서 있었다.

"쉬시는데 실례합니다. 아렌트 폰 에크하르트 경을 급히 찾는 통신입니다."

"발신자는요?"

"에버란 왕국의 삼 왕자, 르웰린 왕자님이라고 하십니다."

그 대답에 아렌트는 얼굴을 찌푸렸다.

친분이 있다는 걸 숨길 겸 거의 개인용 통신구로만 연락을 주고받아 왔는데, 직접 루카인 왕국에 통신을 걸었다면 어지간히 급한 일인 모양이었다.

"뭐야. 르웰린 왕자님이 너한테 왜?"

"좀 안면이 있어서요."

아서와 리히트를 제외한 기사들은 두 사람 간에 오간

거래를 알지 못했다.

밖에 나가서 받아야 하나 잠깐 고민했지만, 어차피 지금 르웰린이 통신을 걸어온 목적이야 뻔했다. 동료들과 상황을 공유하려면 그냥 이 자리에서 대화하는 게 나을 것 같았다.

아렌트가 통신구를 건네받자 시종이 짧게 인사하고 자리를 비켜 주었다.

"왜요?"

- 야! 너는 왜 연락이 안 되냐? 급해 죽겠는데!

"이쪽도 난리가 나서 통신 받을 겨를이 없었어요. 왜요?"

- 지금은 괜찮냐? 아, 아니지. 너 나랑 약속했잖아. 말투 뭐야? 다시 말해.

"급한 거 아니었어요?"

저절로 짜증스러운 대꾸가 날아들었지만 르웰린은 아랑곳하지 않았다.

- 급하다면 급한데, 그거랑 그거는 다르지! 말투 안 고치면 말 안 해 줄 거다.

"……귀찮아 죽겠네, 진짜. 뭐. 왜. 뭐가 문제야?"

관자놀이를 꾹꾹 누르던 아렌트의 입에서 자연스럽게 반말이 나가자 곁의 기사들이 모두들 기겁했다. 하지만 통신구 너머의 르웰린은 제법 만족스러운 모양이었다.

- 그래야지.

"본론이나 말해."

- 하여튼 차갑다니까. 어쨌든, 네펠레 왕국에 도착했는데, 이미 상황이 끝났더라. 그쪽에서 난리가 났던 거랑 연관 있는 일인가?

"어…… 아마도 그럴걸."

잠깐 뜸을 들이던 아렌트가 제 선배들을 힐끗 곁눈질했다.

- 지금 옆에 황태자 전하는 안 계시는 것 같으니, 나중에 네가 전달해 드려. 네펠레 국왕께서 깨어나셨어.

"……."

뜻밖의 소식에 기사들이 숨을 들이켰다. 하지만 아렌트는 익히 예상했다는 듯 덤덤하게 고개를 끄덕였다.

"어떻게 된 일이야?"

- 그놈이 찾는 물건이 있다면서? 왕녀가 직접 거래했대. 그걸 찾으면 반드시 내어 줄 테니, 왕국을 떠나 달라고. 구전으로도 그랬다며? 언젠가는 돌려줘야 할 물건이라고.

알로이스나 마티어스는 채 눈치채지 못했지만, 왕궁에 함께 남아 있던 왕녀는 그가 원하는 것이 따로 있다는 걸 알아차린 모양이었다.

"그래서 순순히 물러났대? 전하께서는 무시하시고?"

- 일단 차례대로 말해 줄게. 전하께서는 문제 없으셔. 치료사가 진찰했는데, 오히려 쓰러지시기 전보다 몸 상태

가 좋아지셨대. 강력한 회복 마법이 작용한 것 같다던데?

"……."

병 주고 약 주고도 아니고.

아렌트의 얼굴이 찌푸려졌다.

"다음은?"

― 전하께서도 알로이스 왕세자가…… 아니, 이제는 전 왕세자지. 알로이스가 자신을 해하려고 했던 건 기억하신대. 알로이스가 건넨 차를 마시고 곧장 쓰러지셨다고 하니까.

그 부분은 네펠레 왕국 내부에서 해결할 일이었다.

"그리고."

― 이게 제일 중요한 거. 그 이상한 놈이 떠나면서 왕녀에게 조건을 걸었다더군. 물건을 찾으면 즉시 넘겨줄 것. 어디로 가져다주면 되냐고 물었더니 이렇게 대답했대.

잠깐 뜸을 들이던 르웰린의 목소리가 다시 이어졌다.

― 칼리온 제국의 아렌트 폰 에크하르트에게 건네주고, 자신을 찾아오라고 전하라고. 그 외에 다른 건 아무것도 안 알려 주고, 그냥 사라졌다더군.

"……아무래도 숨바꼭질이라도 하고 싶나 봐?"

― 그런 것 같지? 반년이 지나기 전에 찾아오라고 하더라. 도대체 뭐야, 그놈?

아무래도 이것 때문에 급하게 연락한 것 같았다.

이것으로 확실해졌다. 그 망할 드래곤은 아렌트가 드리운 낚싯줄을 입에 물고 줄다리기를 할 속셈이 분명했다.

"잘됐네. 네 할 일이 늘었어."

– 뭐?

통신구 너머에서 얼빠진 소리가 돌아왔다.

아렌트는 담백하게 한마디를 던져 주었다.

"그거 드래곤이거든. 내가 드래곤 찾으라고 너한테 돈을 쏟아붓고 있는데, 그 값은 해야지?"

미끼를 던진 건 자신이었지만, 굳이 잡일까지 직접 해야 한다는 법은 없으니까. 성가신 일은 이 녀석에게 죄다 미뤄 버릴 작정이었다.

– ……잠깐만, 뭐라고? 뭐? 드래곤? 야, 야!

뚝.

르웰린이 발악하기 시작했지만 아렌트는 통신을 끊어 버렸다.

왕자와 아렌트의 대화를 멍하니 듣던 기사들의 아연한 시선이 쏟아졌다.

아서가 아득하게 물었다.

"……너 왕자님이랑 친구 먹었냐?"

"왕자 자격으로 네벨레 왕국에 입국해 줄 테니, 그렇게 하자고 조르던데요. 어쨌든 외부에는 비밀로 해 주세요. 연결 고리가 있다는 게 알려지면 좀 곤란해서."

어리석은 자의 피날레 〈307〉

하지만 아렌트는 천연덕스럽게 어깨를 으쓱할 뿐이었다.

이 사태를 어쩌면 좋을까.

기사들은 조금 아득해졌다.

"굳이 저놈과 친구 하고 싶다니."

"르웰린 왕자님의 취향도 참……."

누군가가 말끝을 흐렸다.

아무래도 괴짜에게는 괴짜가 꼬이는 법칙이라도 있는지.

에버란 왕국의 감당 못 할 삼 왕자가 아렌트에게 들러붙는 꼴을 보고 있자니 기가 막혔다.

* * *

알로이스가 눈을 뜬 것은 이틀 뒤의 일이었다.

정신을 차리자마자 보이는 마티어스의 얼굴에 멍하니 눈을 깜빡이던 알로이스는, 그 옆의 칸타레스와 아렌트를 발견하고는 곧장 탄식을 터뜨렸다.

"빌어먹을……."

무심코 얼굴을 짚으려던 알로이스는 텅 비어 버린 한쪽 어깨를 보고서 창백한 낯으로 헛웃음을 터뜨렸다.

의식이 흐려졌긴 했지만, 상황은 대강 기억났다.

비명을 지르던 자신과 갑자기 몰아치던 마력, 시종일관

무표정이던 싸가지 없는 견습 기사 놈이 필사적인 얼굴로 자신에게 다가오던 것까지.

"망할, 살려 줘서 감사하다고 해야 하나……."

"눈뜨자마자 유감스럽지만, 자네는 폐위되었어. 마티어스 왕자와 함께 본국으로 돌아가 죗값을 치르게. 앞으로 평생을 죄인으로 살아야 할 거다."

칸타레스가 담담하게 말해 주는 내용에도 알로이스는 딱히 반응하지 않았다.

그저 멍하니 허공을 올려다볼 뿐이었다.

국왕에게 손을 댔으니 사형당해도 마땅한 죄였으나, 고작 폐위 정도로 끝냈다는 것은 왕이 아버지로서 자신에게 보여 주는 마지막 온정일 터였다.

도대체 어디서부터 잘못되었을까.

렉시온의 말에 귀를 기울였을 때부터? 건방진 견습 기사 따위는 쉽게 처리할 수 있다며 나섰던 것?

아니지, 어쩌면 훨씬 더 전이었을지도.

실성한 사람처럼, 알로이스는 실실 웃음을 흘렸.

아렌트는 팔짱을 끼고서 한때 왕세자였던 인간을 무심하게 내려다보았다.

혈기 가득한 야심으로 언젠가는 세상을 호령할 수 있을 거라고 자만했던 한 청년의 이야기는, 비극으로 막을 내리고야 말았다.

* * *

 네펠레 왕국은 평소 다른 나라와 교류를 활발히 하는 곳도 아니었다.

 칼리온 제국 안에서 벌어진 악신 소동은 대강 전해 듣긴 했지만, 아직 정확한 정보까지는 입수하지 못한 상태였다.

 애초에 알로이스는 악신에 크게 관심을 두지 않아 그쪽 소식에 귀를 전혀 기울이지 않았으니, 렉시온이 가짜 신도라는 것을 미처 알아차리지 못한 것이다.

 "……왕국에서 떠나오기 전, 비장의 무기라면서 놈이 목걸이 하나를 건네줬습니다."

 침대에 걸터앉은 알로이스가 넋 나간 목소리로 입을 열었다.

 "강력한 마법적 힘이 담겨 있다면서, 혹여나 위험해진다면 그게 지켜 줄 거라고 하더군요. 크게 믿지는 않았지만 일단 지니고는 있었습니다."

 렉시온은 그걸로 알로이스를 감시했던 모양이었다. 마력 폭풍의 핵이 된 것 역시 그 물건이겠지.

 한참 동안 멍하니 있던 알로이스가 다시 운을 뗐다.

 "먼저 찾아온 것은 그놈이었습니다."

 "아무런 예고도 없이?"

"그래. 어느 날 갑자기, 내 방에 홀연히 나타났다."

아렌트의 물음에 그가 담담히 대답했다.

깊은 밤이었다.

시종들을 다 물리고 혼자 쉬려던 찰나, 갑자기 그 남자가 방 한가운데에 홀연히 나타났다.

사람 좋은, 혹은 요사스러운 미소를 빙그레 띤 채.

"악신교에서 나왔다면서 자신을 소개하더군. 이름은 렉시온이고, 교단의 요직에 앉아 있다고. 내 야망을 알고 있으니 도와주겠다고 말했지."

애초부터 놈은 알로이스를 타깃으로 삼고 나타났다는 뜻이었다.

"물론 나도 바보는 아니니 처음엔 경계했지⋯⋯ 만, 그놈이라면 내 야망에 도움이 되겠다는 생각이 들었다. 마침 아바마마와 마찰을 빚기도 했고."

"마찰이라. 어떤 거지?"

"⋯⋯네펠레 왕국이 해안을 끼고 있다는 건 황태자 전하께서도 아실 겁니다. 배를 타고 몇 시간 정도 가면 엘프 왕국에 다다를 수 있지요. 그곳을 점령하고자 했습니다."

칸타레스의 얼굴에 질렸다는 기색이 스쳐 지나갔다.

"어처구니가 없군. 전 대륙을 쑥대밭으로 만들고 싶었던 건가?"

오래 전의 대전 이후, 인간과 타 종족은 오랫동안 큰

분쟁이 없는 상태였다. 한번 싸움이 시작되면 걷잡을 수 없이 커질 거란 사실을 양측 다 잘 아는 탓이었다.

"그곳에서는 인간이 쉽게 얻을 수 없는 진귀한 보석이며 광물들이 많이 납니다. 그것을 손에 넣으면 분명히 우리 네펠레 왕국은 번성할 수 있었을 텐데."

"마티어스 왕자, 왕자는 이걸 알고 있었습니까?"

"아니요…… 처음 듣습니다."

마티어스가 얼떨떨하게 대답하자 알로이스가 고개를 천천히 끄덕였다.

"그럴 수밖에 없습니다. 철저히 비밀에 붙였으니까요…… 아바마마께만 언질을 드렸을 뿐입니다."

"그리고 반대에 부딪혔다고?"

"예, 그렇습니다. 렉시온은 이런 제 계획을 이미 알고 있더군요. 아버지만 이번 일에서 배제하면 모든 건 다 제 뜻대로 될 게 분명했습니다. 그리고 렉시온은 방법이 있다고 말하더군요."

그라고 갈등하지 않은 것은 아니었다.

아버지에게 해를 끼치는 것은 천륜을 저버리는 짓이었고, 만약 들킨다면 반역죄로 처벌받아도 이상하지 않았으니까.

하지만 결국 알로이스는 유혹을 이기지 못하고 렉시온과 손을 잡았다.

그 무렵, 루카인 왕국에서 회담이 열린다는 소식이 들려왔다.

"회담에 참석해서 아렌트 폰 에크하르트를 죽여 주면, 그 이후에도 협력해 주겠다고 제안했습니다. 성녀도 네펠레 왕국과 오랫동안 좋은 관계를 유지하고 싶어 한다며……."

"잠깐. 성녀요?"

가만히 이야기를 듣던 아렌트가 끼어들었다.

"종종 언급하더군. 아무래도 지금 악신교를 이끄는 게 그 성녀인 듯하다."

"……."

고운 미간을 찌푸리고 생각에 잠긴 견습 기사를 힐끗 본 황태자가 말을 이었다.

"그래서, 너는 아렌트를 죽이고 그 대가로 렉시온의 도움을 받아 엘프 왕국을 침략할 계획이었다고?"

"예, 그렇습니다. 악신교 측에서도 도와주기로 약속했다고 하니…… 그 뒤 아바마마를 깨워 드릴 생각이었습니다."

"진짜 멍청이가 따로 없군."

칸타레스가 헛웃음을 터뜨렸다.

"그래, 엘프 왕국 하나쯤이야 네펠레 왕국의 힘으로 어떻게든 해 볼 수 있다고 치자. 하지만 그 뒤는 생각해 봤나?"

"……."

"이종족은 인간에 반감이 강해. 특히 엘프라면 더욱 그렇지. 전쟁이 시작되면 모든 엘프들이, 그리고 드워프가 인간과의 교류를 멈추겠다고 선언할 게 뻔해. 그러면 다른 나라가 가만히 있을 것 같나?"

"……."

"네펠레를 위해서, 전 인류가 이종족과 척을 져야 할까? 아니, 그 반대지. 만약 자네가 그 계획을 실행했다면 우선 나부터 가만히 있지 않았을 거야."

"……."

"직접 네 목을 따 엘프국 왕과 장로에게 갖다 바치고 사죄했을 거다."

알로이스는 대답하지 않았다.

답답한 마음에 칸타레스는 한숨을 터뜨리며 머리를 북북 긁었다.

"어쨌든, 그래…… 아직 일어나지 않은 일이니. 정말 이 정도로 끝난 게 천만다행이군. 마티어스 왕자도 동의하실 거라 믿습니다."

"……예."

마티어스가 갈라지는 목소리로 간신히 대답했다.

애초부터 알로이스가 노린 사람이 황태자가 아니었다는 걸 알게 되었지만, 거기에 불평할 수 있는 처지가 아니었다.

까닥했다간 정말로 나라가 불바다가 될 뻔했으니까.

방 안에 침묵만이 감돌던 그때, 알로이스의 멍한 목소리가 모두의 귓가에 파고들었다.

"하지만 그 모든 적과 싸워 이긴다면……."

"뭐?"

"성공했다면 분명 칼리온 제국 따위야, 발아래에 둘 수 있었을 겁니다. 이종족이 떼로 덤벼들고 다른 나라가 칼을 겨눈들, 어차피 싸워 이기면 그만 아닙니까?"

 초점 없던 음성에 점차 독기가 차오르기 시작하더니, 알로이스가 고개를 들었다.

"영웅은 난세에 나는 법이라지. 패왕의 부모는 피 묻은 칼이고, 희생 없는 정복은 없다. 평화에 뇌가 녹아 버린 지금, 그 누구에게도 미래란 없어. 그래서 내가 아량을 베풀어 누구보다도 먼저 검을 쥐겠다고 나선 건데!"

 원독에 차 핏발까지 선 두 눈동자가 칸타레스 뒤에 선 아렌트를 똑바로 노려보았다.

"너를 저주한다, 아렌트 폰 에크하르트. 내가 죽어 쓰러지는 한이 있더라도 너만큼은 끝까지 저주하고 또 저주해 언젠가는 복수해 주마."

 몸이 성했더라면 당장이라도 목을 조르러 달려들 기세였다.

 마티어스와 칸타레스는 조금 긴장해 아렌트를 보았지만, 그는 태연하기만 했다.

"저주라, 그거 좋죠."

심드렁하게 맞장구친 아렌트는 한 치의 감정도 느껴지지 않는 눈동자로 그를 내려다보았다.

"그래, 뭐. 틀린 말은 없습니다. 피 묻은 칼로 태어나는 게 패왕이라는 것도 맞죠. 하지만 전제 자체가 틀렸잖습니까. 영웅이 되려면 승리해야 합니다."

또박또박 그의 말이 이어질수록 알로이스의 눈동자는 뭔가에 홀리기라도 하듯 점점 초점이 사라졌다. 칸타레스와 마티어스 역시 저도 모르게 멍하니 아렌트를 지켜보았다.

"한 번 패배해도 다시 일어나야 하고, 당장 죽을 것 같은 몸으로도 허리를 꼿꼿이 편 채 멍청할 정도로 고집스럽게 세상에 맞서 싸워야죠. 등에는 자신과는 상관도 없는 숱한 목숨을 이고서, 그게 마치 자신의 책무인 양 버거워하면서도 진 짐을 내려놓지 않는 게 영웅입니다."

허리를 숙여 알로이스와 시선을 맞춘 아렌트가 입꼬리를 휘었다.

"그런데 당신은, 첫판부터 패배했네? 그것도 아주 추하게. 두 번 다시 일어날 수 없을 정도로."

"……."

그 노골적인 비웃음에 알로이스의 몸이 덜덜 떨리기 시작했다.

"주제를 알아야지. 당신은 한 번 소모되고 버려지는 추한 악당일 뿐이야. 이름을 기억하는 사람도 아무도 없을걸."

피식, 웃음을 터뜨린 아렌트가 자세를 바로 했다.

"평생 어두운 그림자 아래에 숨어서, 영웅조차 아닌 이 보잘것없는 견습 기사한테 저주나 퍼부으시죠. 벌레처럼 바닥을 기면서 질투나 하세요. 그게 당신한테 어울립니다."

이 이야기에 영웅은 따로 있다.

감히 이 정도 떨거지가 넘보는 것조차 불가능할 정도로 고집스럽고 멍청하기만 한 영웅이.

"너……."

"아, 제 덕분에 그 알량한 목숨을 구했다는 것도 꼭 잊지 마시고. 그러면 저주하는 보람도 더 있을 테니까요."

모멸감을 이기지 못한 알로이스의 턱이 덜덜 떨리다 못해 이가 부딪치는 소리를 내기 시작했다.

지레 겁먹은 마티어스가 뒤로 물러나고, 칸타레스 역시 아렌트를 슬쩍 제 쪽으로 끌어당겼다.

잠시 후, 알로이스가 절규하며 아렌트를 향해 달려들었지만 몇 걸음 채 가지 못하고 쓰러져 버렸다.

아렌트는 그를 가볍게 받아 내 다시 침대 위에 던져 주었다.

거품을 문 채 경련하는 알로이스는 완전히 졸도힌 뒤였다.

"치료사나 불러 주세요."

"너는 진짜…… 하아, 됐다."

질린 소리를 내던 칸타레스가 고개를 내저었다.

곧 비명 소리에 놀란 치료사들이 뛰어 들어오는 것을 뒤로하고, 칸타레스와 아렌트는 방에서 나와 버렸다.

막 두 사람이 처소로 돌아가려던 찰나, 허겁지겁 뒤따라온 마티어스가 그들을 붙잡았다.

"잠깐만요, 전하. 그리고 아렌트 경. 잠깐만 기다려 주십시오."

며칠간의 고초를 겪은 탓에 마티어스 왕자의 얼굴은 처음 봤을 때보다 훨씬 해쓱해져 있었다.

"민폐를 끼쳐서 정말로 송구합니다."

"아닙니다. 마티어스 왕자의 잘못도 아니니까요."

몸을 돌려 왕자와 마주 본 칸타레스가 손을 내저었다.

"네펠레 왕국은 이제 어쩌기로 하셨습니까?"

"감사하게도 아바마마께서 건강히 깨어나셨으니, 당분간은 왕국을 직접 통치하시겠지요. 다음 후계자는 아마 제 누님이 되실 겁니다. 아무리 생각해 봐도 저는 국왕이 될 재목이 아니니까요."

마티어스 왕자는 창백한 낯으로 미소 지으며 대답했다.

"……그리고 아렌트 경."

지루한 얼굴로 칸타레스 뒤에서 대기하던 아렌트가 고개를 들었다.

"예?"

"이런 말하는 것도 우습지만, 형님의 목숨을 구해 줘서 고맙다."

"……방금 그 꼴을 보고도 감사하다는 말이 나옵니까, 왕자?"

"사실은 사실이니까요."

칸타레스가 황당하게 되물었지만 마티어스는 제 말을 철회할 생각이 전혀 없어 보였다.

"그 자리에서 처단하셨어도 문제없었을 겁니다. 다른 분들도 은근히 그쪽을 바라셨던 것도 알고요."

다른 방문자들은 알로이스를 죽이지 않은 게 제법 불만스러워 보였다.

그 의견을 일축해 버린 것이 바로 칸타레스였다.

자기를 빤히 바라보는 마티어스를 마주 보던 아렌트가 어깨를 으쓱했다.

"고마우면 돈이나 좀 쥐여 주시든가요."

"뭐, 뭐?"

"농담이고, 나중에 노이만 상단에서 사람이 찾아가면 그쪽이나 환대해 주세요. 네펠레 왕국에도 나쁜 이야기는 전혀 안 할 겁니다."

왕자는 한순간 그의 말을 이해하지 못한 듯 멍한 얼굴을 하다가, 이내 황급히 고개를 끄덕였다.

"반드시 그렇게 하겠다."

* * *

 때 아닌 소동 때문에 미뤄졌던 회담은, 빅토르의 빠른 일 처리와 칸타레스의 추진력에 힘입어 무사히 치러졌다.
 칸타레스는 그간 몇몇 국가에만 전달되었던 악신교 정보를 공유해 주고, 비상 연락용 통신구도 나누어 주었다.
 의심 가는 정황이나 피해 사실이 생기면 빠르게 공유하는 것과 동시에, 서로를 감시하려는 목적 역시 있었다.
 상대방이 언제 체르니온교에 넘어갈지 모를 일이니까.
 알로이스가 벌인 일 역시 악신교의 소행으로 결론지어지며 경각심은 더욱 두터워졌으니, 그것 하나만큼은 좋은 일이라고 할 수 있을 터였다.
 그리고 빠르게 시간이 흘러 호위들까지 초대받은 호화로운 저녁 만찬까지 끝난 그다음 날.
 이제는 정말로 복귀할 때가 되었다.
 호위하는 기사들로서도 느긋한 귀국길이 되어야 하겠지…… 만, 한 명 빼고 평화롭지 못한 출발이었다는 게 문제라면 문제였다.

(배신 기사의 유쾌한 신의 7권에서 계속)